U0547895

# 有些话，
# 我们
# 坐下再说

小南 著

中国华侨出版社

推 / 荐 / 序 / 一

## 为什么这个世界需要温暖的声音？

**意外艺术创始人　意公子潇涵**

那一年，小南刚进电台，而我刚要离开。

小南是我的师妹，在成为电台主播之前，我们都没有经过专业的声音训练。

还记得刚进来的那会儿，前辈们教我们发音：气息要怎么走，如何让丹田使劲儿而非用喉咙，要怎么修饰声音……我们关在录音间里一遍遍地练，却很难迅速得其要领。

小南的声音条件并非最好。实习期间，在电台录音间里第一次开口，还是未经正规训练的声音直直地放了出来，也许从专业的角度上说，这并非是一个最聪明的发声方法，但她生涩的表情却莫名打动了我。

那一刻我突然很想告诉她什么，但有限的词汇却又描述不清楚。

离开电台很久以后的某一天，在高速路上，我无意间听见FM 927的旋律。

"大家好，我是小南"。

隔着电波，我的眼前又浮现了那个带着生涩的笑容，扎着马尾辫的女孩儿。

那个莫名被打动的情绪又回来了。

我突然明白,我想要告诉她的是:

你的声音没有技巧,却胜过所有的技巧。

几年后,我辞职开始创业,做了意外艺术,一件艺术普及的事情。

创业路上,风光有时,落寞有时。风光时众人追捧,不可一世;落寞时矛头所向,哀鸿遍野。媒体的聚光灯同时放大了繁华和悲戚,使得所有人都在急躁和恐慌。

哪怕是温暖的阳光下,明媚的窗台边,你还是能看见行色匆匆的人们,赶地铁、赶班车、赶着奔赴下一个约。

于是,各种各样的互联网产品流行起来,帮助你与陌生人进行社交,帮助你节约时间学习、帮助你更快到达下一个地点……

我们在怕什么?

怕慢、怕无效、怕孤独……

我们的人生已经过得太"有意义",以至于缺少了许多的"有意思"。

比如,安安静静地收藏我们未被照顾的情绪,安安静静地聆听另一个生命的情绪,或者是安安安静静地,做一个未加修饰的自己。

真实有多难?

当妆容需要修饰,当声音需要修饰,当故事需要修饰,当每一次企图心需要修饰的时候,我们似乎掌握了满身的"技巧":化妆的技巧、播音的技巧、编纂的技巧、话中有话的技巧……

而我们疲乏的面孔背后,谁来观照这颗并不完美但真实的心灵?

小南在书里写了许多听众的留言和她的回复,有愉悦的分享,有朴实的倾诉,但更多,是当下的困惑和迷惘。

这些真实的情绪,竟也是我们曾有过,或正在经历的。

也许那一年,我们也曾经很努力很努力,却和梦想戏剧性地失之交臂;也许那一年,我们和朋友吵架,和父母拌嘴,到最后才发现这一切只是因为我们需要被关注和爱;也许那一年,我们突然对婚姻和爱情产生了胆怯和模糊……

我们是这么特别,又是那么地相似。

然而庆幸的是,当我看见这些留在另一个世界里的文字,那些回环往复的情绪被听见、被回应,这种生命的共鸣远远超过于具体的解释或是理性的分析。

而这一切连接的起点,是小南。

当一个声音成了青春的陪伴,我们仿佛在很长的一段时间里,被看见,被重视,并彼此相互珍惜。

她会慢慢地成为你生命里某一个阶段的养分,当我们人生都快过成一道论述题的时候,用坚韧而温暖的语气,带给我们疗愈的力量。

干广播其实很辛苦,一个人就是一条产品线。

从选题到编辑,一直到嘉宾邀请,直播或后期制作,听众互动,甚至听友联系，品牌赞助……全部都是一个人。

有的时候忙起来，你还得身背好几个节目类型：音乐类、校园类、娱乐类、交通类、生活类……

也许为了所谓的"历练"，有许多重活累活也得自己扛：日间节目、午间节目、夜间节目，只能趁着节目放歌放广告的档口，匆匆跑出直播间扒两口饭。

尤其是勤快的年轻人，更是会被各种委派和差遣。

出于热爱和体制约束，你必须要做。

然而做着做着，你说不上是辛苦还是幸福。

当你在喜马拉雅、在温暖的电波中听见另外一端的声音，来自另一个城市的留言，每一次真诚的感谢都会成为你继续向前的力量。

所以欣闻小南把文字集结成册，终于出版，真的很替她开心。

这么多年，她一直在坚持，一直在尊重每一个路过的生命，哪怕是远在云南深山、素未谋面的孩子，她也尽一切力量去帮助。

这个世界，需要一个温暖的声音。

哪怕就像小南自己说的：

虽然微弱，可是有光。

推 / 荐 / 序 / 二

## 你看到我看不到的温暖

**FM927 交通广播主持人 俞静**

很开心小南邀请我为她新书写序,这个生活中我再熟悉不过的女子,看她文字的时候思绪纷至沓来,但一提笔反而不知道从哪说起了……

先说说我和小南的关系吧,是节目搭档也是知己。相遇于微时——很幸运与南一同考进电台,一起携手成长,见证彼此的欢笑苦痛、梦想希冀。还记得第一次见南,那是六年前,她扎着马尾辫,齐刘海儿,单肩包,声音温柔,瘦小有些羞涩。那时的她还是一副小女生的模样(当然现在也差不多),小女生有着大梦想,努力在电波上空拥有自己的一片天。

恬淡如菊又妙趣横生,这才是南的生活,她总是一袭长裙的把简单日子过出另一种境界,我惊讶于她今日眼泛星光的谈论生活,明日却唯美地脏了衣裙,美了画纸……所以读她的文字,仿佛时而漫步时而小跑,优雅又热烈。

有些话我就爱听南说。——书中细密地记录着南的成长,她童年的筒子楼、少年的校舍、长大后的直播间和出租房……南这个本事很让我羡慕,她总能看到那些细细密密的温暖一隅,仿佛书中我看到的每一句,都能像过电影般场景环绕,它就这么环绕着你,声色俱现的让你真切感知,所有人的一颦一笑、箸光交错都在这字里行间隐现沉浮。我想，每个读者都会与我有相同体会吧，那些细密的生活细节，虽没有声泪俱下跌宕起伏，但着实让人沉迷想象。

电台主持人的生活并没有五光十色，行内人都觉得它是质朴的、简单的，或者说有些枯燥。直播间其实会有些压抑，因为它隔音，也隔断了外面的阴晴雨雪。我们日复一日地潜伏在城市的一角，谁也想象不出你温暖的嗓音来自那个还有些昏暗的房间。但南的文字赋予了它更深的乐趣，对，它能传递那份温存，就像南的节目，女中音略带点沙哑的嗓音恰到好处，我时常深夜开车回家，路上打开调频收听她的音乐节目，用南的声音充斥车厢，总有份慵懒随性，一路旷达。

南的音乐节目有幸放在了喜马拉雅声音平台上，让更多人认识她喜爱她。她对音乐的注解像极了她对生活的感悟，通达又个性。那一年，我们去看李宗盛，全场没有惊天动地的呐喊，只有默默流泪的听众。南全程几乎没说一句话，就中间跟我要了包纸巾……她说"很不幸，我听懂了李宗盛"，然后默默低下头。她一直很喜欢老李，每每听南节目中介绍老李的音乐，她总有更新的体会：因为老李音乐里有爱情的世俗和哲理。我觉得音乐在南的世界里有点儿像宗教，它给予她灵魂的归属，也丰富她生活的脚注。

南用细碎美好的文字表达着她对世界的理解，我想说这本书很自然、很家常，这么复杂的世界，人人都讨厌过度抒情流于伤感，急需一份简单、平淡。她看到了我们看不到的温暖——来，我们坐下，听小南慢慢说……

推 / 荐 / 序 / 三

## 我叫她"南哥"

《福建侨报》记者 裴质斌

北京时间2016年10月19日12点30分,福州。一只柬埔寨雀类鸟刚擦肩而过,一种小型海洋动物又风雨欲来(2016年第21号台风莎莉嘉和第22号台风海马),天气阴、闷。

我刚吃完一碗单位附近小有名气的鸭杂粉干,热汤配上辣油,一身是汗。打开微信朋友圈,却见一位穿着冲锋衣的女子45度仰望天花板,配的文字写的是:直播间的温度,一年四季如冬。嗯,好像没那么热了。

我在下面回:"里在烂慌的艳阳尼(你在南方的艳阳里),大斜混灰(大雪纷飞)……"穿着冲锋衣的南哥回我:哈哈哈。

曾经的电台生涯,不但将我的普通话培育得字正腔圆,连闽南地瓜腔咱也是要得有模有样。漳广交通广播的直播间,真的很冷。

我很幸运,曾经一毕业就实现了小时候关于工作的梦想,考入了电台。确定暂留见习人员名单时,时任节目部主任于哥给我们开了个小会,说了些啥我记不清楚了,只记得他无名指上闪闪发光的大钻戒。

我和另一位同时考进电台的同事潇涵相视一笑,初次见面就有了心灵感应:"这工作不错!"这份来之不易的心灵感应,在两小时后彻底崩塌:下班后,我和潇涵正在讨论于哥的钻戒到底是多少克拉，一身富贵的于哥骑着一辆电动车从我们眼前飞驰而过。

"我以为主持人都是开车上班的。"

"我之前也是这么想的。"

一毕业就找到工作的我豪情万丈，决定不再花父母一分钱。见习期工资不多，房租400块，剩下的生活费，除了要吃饭，还得交话费。

有一个月工资晚发了几天，穷到身无分文，卡里只剩10几块钱，走了三四个红绿灯到移动营业厅全交了话费。扣完欠费，手机里还有3块多，给我妈打了个电话，说没钱了。

第二天上午，来自母亲的1000元到账。中午，跑到离单位最近的快餐店点了份红烧肉，肥油腻得我头都晕了。下午，迟来的工资发了，拿到手一转头眼泪就下来了："我再坚持饿半天，就不用问家里要钱……"

每当月底拮据的时候，我就想想初中时用收音机当枕头的自己。没有耳机，怕父母发现，只能开到最小声，把耳朵贴在喇叭上偷偷地听，边听边想："如果我是主持人，这段话我会这么说。"

对广播的热爱，支撑着我走过了广播最黑暗的日子。不光是我，一些老资格的主持人无一不是地方小有名气的"大拿"，之所以没离开，我相信也是因为这份爱。

不管干广播赚不赚钱，台里总是不会缺实习生。实习生里，有的只是想混个实习证明，导播间里、记者部里坐着看书聊天；有的是有点儿兴趣，最终发现这行没啥"钱途"，实习结束后就去找其他工作；极少数的是像我们一样，爱。

当年有一个实习生似乎待了很久。娇小的身子，眉眼清秀，遇见谁都会笑，见到我时会轻声细语地叫一声"学长。"我在一套，她在二套，交集不多。过了挺长时间我才知道，她已经被允许在一些节目中搭下话。

与大部分实习生不同，除了在正规上班时间能在导播间见到她，经常在加班、值夜班时还会在录播间遇到她。不管谁冲进录播间碰到她，她总是一脸抱歉的说："老师你要用吗？我保存一下就好，马上。"

我很幸运。在我进电台时，据说电台有好几年没招人了；在我进电台后，电台也好几年没再招人。铁打的电台，流水的实习生，放假来实习，开学了就回去上课，毕业就各奔东西。

时不时还是会看见小南，当时，她还是一名大四在校生，我们在一个可能是对普通话要求最严格的地方，刻意用闽南地瓜腔交流。

"七换了吗（吃饭了吗）？"

"还没七（吃），饿洗掉了（饿死掉了）！"

这说明我们已经是"计几伦（第几轮）"了。

"南哥"毕业一年后，赶上了电台招聘考试，而那一年，我辞职离开了电台。

对我来说，广播，不管是执念也好、热情也好，经历过就是好的。万般不舍，不贪恋、不后悔。对小南来说，她追寻梦想，用坚持等来了机遇。

现在，她在漳州，我在福州。感谢信息发达的时代，我们没有断了联系。我知道曾经那个轻言细语叫我学长的小南，已经成了霸气侧漏的"南哥"；我知道那个曾经在导播间，望着直播间的主持人两眼闪光的实习生，越来越受听众的喜爱；我还知道一有人进录播间她就马上保存让出话筒的音频，收录在了喜马拉雅电台的热门专辑《小南老歌情怀》……我毫不意外，因为她爱，她总会让它越来越好。

那么现在，让我们坐下来，看看她要说的那些话。

/ 自 / 序 /

## 有"声"之年，猜中相逢

落笔前，我有做打算，尽力将书里的言辞与说教避开，毕竟有些事情，还不够成为励志的典范。就当是一些生活旁白，不必成为日常主打。

这些年，我待在电脑前和直播室的时间最多，但几年前，我确实没有这么事先规划过，哪怕这两个念头曾经出现，也被自己嘲笑后，否掉了。

做一个电台节目的主持和写一些可以出版的文字，在我初中那会儿奢望过，那时候，我还不敢标榜这是梦想，因为觉得这样的念头纯属想太多，不至于到处宣扬。

只是，从那以后，自己都有刻意地将努力的方向往这边靠，不急于求成，也没有非成不可，几年后，两个都实现，带着些幸运，也有用力的根基。

也许还不至于成为一项了不起的谈资，但至少让我知道这个努力的方向是对的。

生活需要一些奢望，才能逼出潜力来。我受益了，所以就拿出来和你们分享。

之前，有一部分人已经通过网络上的广播节目，认识了我的声音，并且可能因为主持的风格，而对我有了些定位，尽管我不知道你们心中的定位与现实里的我差距有多大，但是我认为自己还是一个温暖的人，这与我在节目里传递的一些氛围基本吻合。

我在私信里收到过听友发来的，诸如"怎么才能成为电台主播"的问题，这让我想到了早年的自己。也会有固定收听几个广播节目的习惯，并在生活之余，提笔书写过几封信，表达喜欢和问候，里头也不乏这个提问。

我自是希望这个问题的出现，全然因为爱，而不仅仅只是一道围绕"我的梦想"随即拟出的作文题，更不是像早餐选择包子或馒头那样随意变更，它最好已扎根，不飘着。其他的交给时间和机遇。

许多人对电台还留有一丝好奇，而今这份职业曝光的机会增多，神秘感也在慢慢减弱，新时代提倡看得见的广播，也许未来，它更能透过镜头直面大家。

我接触过一些人，部分人在听闻我的职业后，都略带惊讶。惊讶的点，大致是觉得广播已属旧物，要说20世纪80年代还行，至少那是广播的黄金时代，而今，还能有多少人守着这看不见摸不着的东西，兴许还会补上一句"老奶奶、老爷爷晨练都不听广播了"，说完，和周围人交会一下眼神，再给几个刺耳的笑声。

对于拐弯抹角嘲讽这个职业过气的人，我大多笑意掩之，也不打算面红耳赤地与对方进行辩驳，因为此时此刻，对方所理解的广播，并不宽泛，甚至略带一点狭隘。我很难把情怀这个虚无缥缈的东西，搬上台面和他描述，也很难和他解释在大城市里，私家车、营运车锁定都市交通电台是一种时尚的趋势。最后，索性就不发声了，因为以后也基本不太会和对方有过多的交集。

广播人很辛苦，当然，媒体大多辛苦。行内流传最广的一句"女的当男的使，男的当畜生使"，不无道理。

在直播节目时，偶尔会收到一些互动的留言，微信公众平台上常会有得到奖品的听友，回馈对我们的谢意，大多是"感谢节目组"之类的言语，我们也会在直播时，对大家说"感谢对节目组的支持"，但事实上，节目组就只有一个人。

采编播，话筒前后，以及后期制作，都是主持人自己扛下来。

广播节目内容更新改版快，不同的节目风格就要求主持人能静若处子，也能动如脱兔，加上广播节目的涉略面较广，主持人往往需要不断地为自己的知识做储备。

因此，成为广播人的这些年，很大程度上奠定了我以后为人处世的态度。

媒体人骨子里大多浪漫，也许与职业有关。

几年下来，我多少耳濡目染了一些。

写下这段话的时候，我刚在朋友圈看到了个喜讯。一位广州的电台同行在电影院向其女友求婚成功，影院的大屏幕播放表白的视频短片，一群密谋同伙在现场围观拍照，这组花絮图立刻引起了朋友圈的一阵骚动，不到几分钟，满屏留言都是祝福的字眼。

媒体人总是有精力将生活变成一出戏。

甚至有电台同行在男友生日当天，借着直播节目，全城广播这份爱意和祝福。在此，奉劝玻璃心的单身人士不要和这样的人做朋友，这种秀恩爱的级别会比朋友圈的威力更恐怖些。

感性的人，倒也能把粗糙的生活磨细腻了。

电台节目多是情感寄托，不管是讲述人，还是倾听者。我时常在节目评论区看到大家留有感悟，迷茫有一些，情感流露有一些，听歌思人有一些，表白吐真言有一些。节目为听者的情绪搭桥，我的成就感多数来自于此。

在知道可以有机会写一些文字让大家看到的时候，我想除了电台主持人这个身份外，应该还要简单交代一下生活中的自己，于是就有了书后面的一些叙述。

我有许多外号，"脱线少女"、"阿南仔"、"南哥"、"南姑娘"、"南妹妹"、"南半仙"、"南神"……其中部分名称可能需要做出一些解释。

"脱线少女"的说法，我是认同的。比如，只要有我在的地方，装满水的杯子一定要用盖子拧紧，否则不出半小时，一定会被我冒失打翻，如今，同事的水杯，在我所处的方圆几里内，都已自觉地不再出现。至于为何打翻的频率如此之高，至今还是个未解之谜。

听我早间资讯直播节目的听友，都管我叫"南哥"。这个称号的来源连我自己都已不记得了。但它确实已打入群众内部，成为共识度最高的一个标签。

一次使用打车软件，司机致电确认接送地址，带着交通电台的职业惯性，我都会亲切叫他们"师傅"。几分钟之后，车子在我面前停下，在确认了车牌号后，拉开副驾驶旁的车门，一脚还未迈进，就听到从驾驶座传来的一声"南哥"。

这位的哥是我早间节目的忠粉，于是就这么聊了一路。

从事这行久了，与人接触总会不自觉地话家常，但我很少用文字记录，只是节目中简单的口述居多。它需要等到我能够从中悟出点什么的时候，才有下笔的由头。

可能现在，是时候了。

目录
Contents

## 第一章　给你一段旧时光

003　儿时的家

007　左邻右里

012　时代在召唤

017　你们走后，我也没能活成你们希望的样子

## 第二章　我听见你叫我的名字

025　一切情怀都是对岁月的致敬

031　红雨鞋还在，小花伞也没有丢

036　选了就要有勇气善后

042　低电量模式

有些话，我们坐下再说

**第三章　世界对我们招之即来，挥之即去**

049　半路遇见你，抵过到达的惊喜
058　她将是你的新娘
066　房子是租来的，生活是自己的
077　虽然微弱，可是有光

**第四章　知道这是规律，所以别太在意**

103　打架伤身，辱骂伤神
107　巧与不巧，都是我决定的
117　我故意不躲好，因为我怕你不来找
124　这次，还要不要奋不顾身了
130　假装我是你，所以懂你

## 目录 Contents

**第五章　收信快乐，展信欢颜（一）**

- 137　吃力的时候靠喜好维持生计
- 142　说你呢，打起精神来
- 144　就是一颗平常心而已
- 147　欢迎光临，随时在线
- 149　真没必要失落
- 153　先独立才能打成一片

**第六章　收信快乐，展信欢颜（二）**

- 159　习惯不错，继续保持
- 161　少碰那些多项选择题
- 163　对方没有应答，并扔给你一个故事

有些话，我们坐下再说

170　也别一提梦想就觉得俗
173　遥想当年，雄姿英发
176　欢迎想念打扰
181　听歌的人总是很美

**第七章　致美好的你**

187　宝宝啊，妈妈跟你说啊
192　虽遗憾杀青，但总归谢谢参与
199　我系个鞋带就追上来，可是你们别走太快
207　你好陌生人
211　与孩子过招的大人

## 目录 Contents

### 第八章　也有些喜好和故事

219　这个武林很柔美
224　你我曾是孩子
230　很不幸，你听懂了李宗盛
235　家书——依生
243　家书——文茜

# 第一章  给你一段旧时光

# 儿时的家

家，在一个南方的小镇。

小时候住的是筒子楼，一条走廊通到底，两边是紧挨着的密密麻麻的单房，最多不过十几平方米，所有邻居共用一个大厨房，每家每户的三餐都在这个房间出炉。

这是职工宿舍，当时父母两人都是同一家国企的职工。

80年代，大家没太多娱乐项目，一到黄昏，便上演各种真人秀。

三三两两凑一堆儿，咬耳朵、拼血泪、拼八卦，用横飞的唾沫演绎真实版八点档家庭伦理剧。小姑、婆媳、妯娌前脚刚刚在该部剧里杀青，后脚便匆忙进了另一个剧组。

戏码差强人意，台词仅是换了个主语，依旧热闹非凡。

男人不擅长演绎家庭伦理剧，当然也不具备演绎动作喜剧的潜力，他们只会泡个茶，聊聊新闻联播，聊聊各国经济、军事。

我基本游离在这些剧本之外，齐刘海，马尾辫，小身躯，每天上学、放学，从各种人群穿过，从各种"剧组"旁走过。

只有到了练琴的时间，以及挨骂的时间，我才会成为大家观摩的女主。

筒子楼里的单房，仅仅只是用木板隔离开来而已，所以隔音效果几乎是没有的，小时候一旦顽皮，母亲杀伐决断，我的那一顿哭闹，对于邻居们来说，势必如雷贯耳。

后来，我们家有了第一台黑白电视机。电视机上方立着一根天线，右方有个大大的圆形按钮，专门用来调频道；下方还有几个按钮，用来调节声音的大小。

一旦碰上下雨、打雷、刮风，电视的信号就会受影响。所以，父亲就会支个架子，绑在窗户外，增强信号。

那时可以观看的频道不多，印象最深的是早年在我们这边热播的一部台湾电视剧《厦门新娘》，剧中演员的台词有一大部分是闽南话，加上取景在厦门和台湾两地，大家都倍感亲切，于是这部剧迅速在闽南地区火起来。

热播该剧时，我们家的黑白电视机不争气，经常只给了画面，却没有了声音。当时没有网络，没有重播，错过了直播，就等于错过了剧情，所以追剧的人一定会想方设法不让自己吃"哑巴"亏。

父亲常用的做法就是敲敲木板，对着隔壁喊道："十一，把你家电视的声音调大声一点。"

隔壁住的是十一哥夫妇，以及他们的两个儿子。十一哥是外号，至今我也不知道他的真名，只是大家都习惯这么称呼他，原因就是他有十一根手指，在他的左手小拇指边，还多出了一根细细的小指头。

我们两家的关系是不错的。

这时，十一哥就会趁机调侃几句："怎么又没修好，赶快扔掉。"

"赶紧的。"父亲催促道。

没过几秒，隔壁电视剧的音量就被调高了。

父亲说:"可以了,可以了,这个音量就好。"

十一哥在隔壁喊:"你是可以了,我耳朵都要聋了。"

"那你过来,来这边一起看。"

"去你的。"

小时候不明白,父亲为什么要拿锯子,将窗户上的铁栏杆锯掉两根,留下一个可以允许大人身子骨穿过的洞。后来才知道,这是父亲弄的逃生窗。

有一年,镇上一家酒店着火了。烧死了好几个人,据说是几个嫖客和应召女。尸体就摆在酒店门口,围观的市民见了,都说瘆得慌。为此,这起事故也一度成为了大家茶余饭后的头条新闻。

从我家的窗户望出去,可以隐约看见这家酒店的招牌,当时听大人们说,这酒店的名字起得晦气,"寻梦酒家",这下真寻梦去了。

我为此做了很长时间的噩梦。

父亲自从跑去现场看完以后回来,就经常处于忧虑状态。

筒子楼的走廊狭小,过道上的东西杂乱,厨房里大家都烧煤,家里的线路七零八落都贴在木板墙上,一旦线路老化,出了火花,就危险了,加上单间的隔离板都是木板,容易引发火灾。

那时我年纪小,隐患意识几乎为零,可是一群大人们却从此忐忑不安。

筒子楼年久失修,除了怕火,还怕下雨。

家,只有十几平方米,一张床,一只沙发,一个柜子,一张桌子,几把椅子,再容不下其他家具了。

上幼儿园后，我就和父母分开睡了。

家里的沙发就是我的床。

每晚睡前，父亲就会把沙发摊开，铺上被子，挂上蚊帐，再围上布帘子，临时搭成我的小窝。

我爱着并且围护着这个小角落。

沙发床对着的天花板有裂缝，一旦下雨，我的被子就遭殃，于是，父亲就会在蚊帐，以及布帘子外，铺上一层厚厚的塑料纸。

夜里，水珠子滴落在纸上的声音格外清晰。

每天早上，我都会被走道上来来回回、轻重缓急的脚步声吵醒，大人们上班开工了，小孩也跟着起床洗漱，上学去。

筒子楼的晨光是容易让人昏昏欲睡的，但那时，所有人依旧坚持早醒。后来，一些人渐渐在那段年岁里长眠，不再醒来。而今，我依旧有醒得早的习惯，只是再没见过那样的晨光。

## 左邻右里

柴米油盐酱醋茶，左邻右里各一家，这是我对筒子楼最深的印象了。

住对门的是一对夫妇，女人是厂里的职工，男人是屠夫，女儿叫芳，比我大两岁。

芳和我的感情不错，但玩在一起的时间并不多，一来我的性格比较安静、内向，很少主动找寻玩伴，二来她们一家在筒子楼住的时间不长。

芳有一口好牙，整齐洁白漂亮，我不一样，爱吃糖，一口蛀牙。

到了7岁换牙期，乳牙脱落，恒牙长出，这一切我还算顺利，可是芳不一样，她的乳牙在牙床上纹丝不动，为了不影响换牙，芳的父母只好连哄带骗抱着她去诊所拔牙。

刚挨了一针麻药，芳就因为疼痛，用力挣脱了父母，直奔大街。

据说那天下午，大人整整追了半个小时，才把她从街上拉回来。

没过多久，芳一家搬离了筒子楼，对门的单间就空了出来。

她走后，有一段时间，我在走道的洗衣槽刷牙时，还会经常想起她。

那年分开后，我再没见过她。至于后来的事，也大多只是听说。

读高一那年，一次饭桌上，父亲说，他在街上碰见了芳的母亲。

"高考，芳考得不好，上不了大学。"我听出了父亲语气里的遗憾。

"可是她成绩都很好啊。"在我印象里，小学时期她的科目分数都是不错的。

"所以才可惜，"父亲顿了一会儿，说："你自己要努力哦，再两年，就轮到你了。"

我说："必需的。"

那句话，就当是给他们的定心丸，也顺便鼓励一下自己。

上大学那会儿，一次暑假回家，偶然又听到了她的消息。

高考失败后，她找了份镇上的零工，掐醒了自己的大学梦。隔年嫁了人，生了孩子。他的父亲，因为癌症，在她成家不久后，就离世了。

时隔十几年了，我还会想起她，虽然即使在大街上碰到，我也未必能一眼认出她，可是记忆里的样子还在，心里的她就不会离开。

家斜对门住的，是一对夫妇，两人都是厂里的职工，一儿一女，十几岁的年纪了，由于家庭成员较多，于是厂子多分配了一个单间。

女人名字里有个霞，所以小孩子都叫她霞姨。

霞姨嗓门特别大，她在走廊的一端说话，隔着老远我都能听见。用餐时，喜欢夹着满满一碗菜，卷起裤管，坐在门槛上大快朵颐，还不时蹦出些东加长西家短的八卦。

儿子、女儿正处于青春叛逆期，所以走廊上常常回荡着她的训骂声。女儿会化着精致的妆容，隔三岔五地带男朋友回家，儿子则喜欢关在房间里听流行歌曲，任贤齐的《I Feel Good》播放率最高，音响又开得特别大声，震得筒子楼一晃一晃的。

筒子楼里的大人们并不理解这样的年轻热血，所以对两人的青春叛逆行径嗤之以鼻。

而我却对他房间传出的音乐期待无比。经常在做作业的时候，都会不自觉地跟着旋律摇头晃脑，一段时间下来，倒是学了不少当下的流行曲子。

一次放学回家，刚刚迈上二层楼梯，进了走道拐角，就看到一群文身青年靠在二楼的围栏，大口大口地抽烟，一副紧身T恤，宽松阔腿裤的标配，部分手里还拿着棍棒。

我连大气都不敢出，压低头，谨慎地穿过人群，心中一顿默念："别出事才好。"

耳边的口哨声忽大忽小，也夹杂着一些嬉笑怒骂，走完这条生死线，我觉得心都要蹦到喉咙口了。

躲进房间后，拿出作业本，尽管隔开了外面的世界，还是依旧留意走道上的风吹草动。

后来听说是霞姨的儿子惹了外面的一帮社会青年，于是对方操着家伙找上门，结果这场斗殴没有血拼成，原因是另一帮人出面和解，好戏的结局是握手言和。

我听得甚是有趣，并且在当晚做了一个梦，梦境里，大致是自己功夫了得，行走江湖，打抱不平。

至今，我骨子里依旧还是有武侠梦的。

这起事件后，霞姨对孩子的训骂声又延续了好几天。孩子的父亲身体不好，常年咳嗽，教育这块，由她主打。

熬过了青春叛逆期，儿子、女儿早早辍学，并且相继成家，走廊的一些单间做了婚房，女儿离开了筒子楼，随夫家四处远游，做起了生意。霞姨的男人得了病，拖了几年，还是走了。厂子倒闭后，她就去了超市，做起了售货员。

据说，儿子自从成了家，当了父亲后，也不再玩世不恭了，各种体力活揽着做，小日子倒过得踏实。

女人和男人成熟的转折点不同，前者是成了家，后者是当了爸。

住隔壁单间的，有一个男孩与我同龄，同校，叫黄浩。性格偏活泼，学习成绩中下，偶尔喜欢捉弄一下我，但总是被他母亲呵斥。我是浩浩母亲眼中的乖孩子标配，听话，懂事，爱读书。小学那会儿，浩浩母亲出了很多练习题，让我和他两人同时参与考试作答，再对卷子进行批改。

大多情况下，我的分数较高，浩浩就会挨一顿批，他的错题多数是粗心造成的。

小学五年级后，浩浩一家就搬走了。初中我们上了不同的学校，高中考入了一中，才得以再次同校。

课间时分，偶尔碰到，竟变得陌生起来，许是几年未见，儿时的熟络在青春期里反而变得拘谨，生活轨迹没了交集，也似乎不再刻意拾起一些寒暄，于是，即使碰面了，也饶有默契地沉默着。

二楼走道的第一单间和第二单间，住着珠姨一家，一儿一女。两个孩子上初中，乖巧，懂事，印象中，女儿的眼镜片总是特别厚，儿子习惯每天早上都用祛痘的洗面奶洗漱。

走道的最后一间，也有一个男孩和我同岁，在筒子楼里居住的时候，他教了我军棋。

我在筒子楼住了好几年，直到上了初一，才搬离，住进了新的商品房。

后来，楼道里的邻居也陆续搬走了，那是一个热闹的年代，推开门就能看到各自家常，看不顺眼，还能顺势吵上一架，过了几天，也还能厚着脸皮朝着对方喊："把你家盐借我一下。"

日子走远了，我没跟上，只是勉强捡了几个年代里的人和事，再不济然，也能凑些回忆。

只是，后来的我挺好，也希望你们都好。

## 时代在召唤

那是祖辈、父辈们的青春,既苦涩又热血。

无数国营企业的辉煌和没落,在城市的变迁,人群的离合中,渐渐被遗忘。这些历史,而今只能靠胶片或文字回忆。

记忆里,巨大的铁门,工厂门口涌动的人群,都丢在了那些日子里,回不来。昔日里机器轰鸣作响的车间,几乎一夜之间,沉寂下来,机台和机床陷入无声的年岁里,永久地停止运转。

我知道,从此,那个承载我童年一部分记忆的乐园大门,已重重关闭。

在那个大喊口号"劳动最光荣"的年代里,我的父母曾经穿着墨绿色厂服,靠体力为生,意气风发,志得意满。

人有事情做,日子也有盼头。

80年代初,全国迎来了返城潮,上山下乡的城镇居民纷纷回城,进入大大小小的企业,热火朝天的日子,就这么被点燃。

他们在彼此的青春里,成就了这样一个时代。

我的童年,有幸与它交集。

那一阵子,父母因为厂子忙碌的关系,只好将我寄养在外婆外公家,那时,三姨未嫁,于是就帮着一起照顾我。

年纪稍长时,我便经常跑到厂里玩耍,去的次数一多,车间里的一百多号人就都认识了我。我活动的范围并不随我性子走,因为工种的原因,车间里的机台大多比较危险,小孩未被允许是不准靠太近的。

父亲的眼睛就曾经在一次熔铅中,被火花溅到,索性伤势并不严重,精心护理后,过了恢复期,也没有落下什么后遗症。

那是一个物价精确到分的年代。论当时的工资,母亲一个月是23元1角2分,父亲一个月是30元8角8分,一家的日常,全靠这些数字开销。

与我擦肩的是票据走天下的年代,各种票据几乎是人们生活中必不可少的票证。各地的商品票证主要分为"吃、穿、用"三大类。食品除了各种粮票外,还有猪牛羊肉票、鸡鸭鱼肉票、蛋票、糖票、豆制品及蔬菜票等,服装和日用品类的票证种类也多。

逢年过节,一些平常舍不得用的肉票,都会拿出来采购,这倒让一家子觉得珍惜且知足。

小时候是看过几场露天电影的。放映露天电影对环境要求不高,只要空地够宽敞就行。空地上要立两根柱子,间距大概十几米,然后用绳子将一块白色幕布的四个角拉起,紧紧地系在柱子上。

放学的时候,经过这片空地,一旦发现那块幕布挂起,便知晚上有好电影放映,于是就加快步伐赶回家,匆匆扒完几口饭菜,快速完成家庭作业,叫上家长或筒子楼里的小伙伴,拿着凳子就往空地跑去。

大夏天里,拿个蒲扇,嗑包瓜子,泡上杯茶,偶尔乐呵几下电影情节,再满足不过了。

后来，看电影的次数少了，练琴的机会却多了。

那个年代，全国各地的学校开设了很多兴趣班。

小时候是学过电子琴的。

当年，幼儿园开了个培训班，老师问了班上的几位家长，是否感兴趣让孩子多掌握些艺能，母亲也觉着女孩学琴养养气质，还是不错的，但毕竟买个电子琴是一笔开销，上培训课又是一笔开销。就在犹豫不决时，外婆说，该投资就要投资，女孩子就该学琴。于是，我上了培训班。

那时课程安排在每周二晚，父亲骑着自行车，母亲背着琴坐在车后座，我坐在车头的横杆上，风雨无阻，准时上课，从不迟到。

培训班大概 10 个左右的学生。孩子年纪小，所以一概由一位家长陪读，也帮着孩子记记知识点。当时的那把雅马哈电子琴，是老师带着我去琴行购买的，花了好几百，这笔钱在当时已经是家里巨大的开销了。

培训班里的女生偏多，男生只是少数。每堂课一开始，老师都要先考查上一堂学习的曲子，这个环节，给当时培训班的孩子留下了不可磨灭的阴影。

每一个孩子依次弹奏，指法正确，琴谱熟练，乐曲流畅，才能通过课堂测试，才能让老师在你的琴谱上盖一朵小红花。我的成绩在班级里不算差，主要是因为平时练琴还算勤奋，更主要的是母亲监督工作十分到位，在这种巨型压力下，我除了练琴只能练琴。

当时班级里有一个小女孩，每次课堂测试的成绩都靠后，常常是我们开始学习新曲子了，她还在角落里弹奏复习旧曲子，错落的琴声里还夹杂着她母亲的呵斥声。

以至于培训班的两年里，我都不知道她的名字，只记着当年她的哭声。

我练琴挨骂的次数也不算少。琴袋里永远装着一根毛线针，弹错的次数一多，这根针就会敲在手指边的琴键上，以示警告，母亲手起针落，并不是每次都准确无误，因此手指偶尔也会挨疼。

一到练琴，邻居都要跑过来，点播一曲梁祝，于是，这首顺利成为了我当年的主打曲。

90年代中期，家里赶上了下岗潮，不得已，我和电子琴培训班彻底告别，琴谱上的小红花、小红旗数量，也止步在最后一堂课。

休止符后，我以路人的身份，不吵不闹潜伏在主流岁月里，从众缓缓地游了一年又一年。潜伏这行当时间不能太长，潜久了，就再也浮不上来了，如同一开始你是路人甲乙，再后来，是路人丙丁，纵使再不甘心，再再后来，也只能是路人戊、己、庚、辛。

当时，全国各地的厂子效益开始下滑，许多订单下的货一批接着一批囤积。工人停止生产，机器停止运行，一切都在暗示着国有企业的落寞与凋亡。

我曾问父亲："效益不好，当时为什么不裁员？"

父亲说："裁谁都不忍心，如何舍得？只能一起耗着，耗到最后，没办法了，大家也就散了。"

《二十四城记》里，一个下岗女工人在公交车上，面对采访，几度红眼眶。

女工："我干了这么多年，出过错不？"

领导："没出过错呀。"

女工："我也没做错啥呀。"

领导："是呀，没做错啥，挺好的。"

女工："我啥都没做错呀。"她重复着，连她自己也觉得有些好笑。"可是说让下岗，就下岗了。"

我们的父辈，多数一生大起大落，他们生长在红旗下，历经社会历史的变迁。而今已老，这个时代早已不是他们的时代，可是他们仅用消逝的一面，就已经足以让我们荣耀一生。

"越老的工人越在维护这个体制，绝不是他对这个体制没有反省，没有批判，而是他很难背叛他过去青春的选择。"

那些日子，荧屏里关于下岗再就业的公益广告一时间铺天盖地，一首"心若在梦就在，看成败人生豪迈，只不过是从头再来"唱得热血又豪迈。那时的他们，没有时日缓神，只能咬牙融入时代洪流。

多年后，日子的起落，都付笑谈中了，所有的苦乐，也仅仅简单到归为一段青春往事，并且不再多言。

## 你们走后，我也没能活成你们希望的样子

一座城市的大小，很大程度上取决于同城朋友的多少。

刚大学毕业那会儿，班上的同学都远走，我却留了下来。离开的前一天，她们把这个城市的各个专卖店打折卡全给了我，我也曾经一度拿到5张同一家店的会员卡，但我一次都没有用过，她们走后，我再没逛过那些卖场。

一个人逛街，刷卡都觉得无趣。

都是毕业，谁没做过几件矫情的事。

我让自己好好想想对这四年的回忆，盘算着哪些要详细记录，哪些可以一笔带过，后来，我发现脑子里最深的还是宿舍6人，同居4年的日常和喜怒。

毕业论文答辩完的那天，我从教室走回宿舍，倩在整理行李，房间乱作一团。我们班有两个考上了研究生，她是其中一个。大四上学期，学校安排实习，我们跑新闻晒日头，她啃书本泡图书馆，到了大四下学期，还真泡来了一张研究生录取通知书。

我小心地跨过一个摊开在地板上的行李箱，说："几号走？"

倩说："散伙饭后，隔天的动车。"

我看了下桌上的台历，6月12日被我圈了起来，底下有排小字标记："传媒学院的散伙饭"。

这么说，距离今天，大概还有一个礼拜左右的时间。

我坐到自己的床铺上，说："接下来，两个多月的暑期你怎么计划？"

倩放下手中的衣服，在我对面的床铺上坐下，说："先和我妹到处去转转，再找家公司赚些生活费。"

倩口中的妹妹，是她的胞妹，单名一个恬字。因为双胞胎的关系，所以两人的外貌和声音几乎神似。

到现在，我都还记着，第一次见到恬的情形。

那会儿，刚刚下了早课，就先和其他几个舍友到图书馆晃了晃，借了几本书后，才回到宿舍。一进门，看到倩坐在桌子前，低头玩手机。

巧把书放到自己的柜子上，转过身来，说："倩啊，你今天怎么回来得这么早啊？"

娟在我的床铺上坐下，说："怎么不和我们去图书馆？"

两个问题抛出后，延迟了几秒，才看到倩抬头看了一眼她们两个，一脸"你们是在我和说话吗"的懵然感，这时，突然从卫生间传来一句："我下午再去借。"

接着响起一阵哗啦啦的冲水声，推拉门被拉开，走出来的是倩。

眼前两个一模一样的人让我们三个大跌眼镜。接着回来的芬子和珊歌，都在经历了一惊一乍的表情包后，接受了这个胞妹的存在。

倩看着我，说："你呢？决定了？就在这个城市不走了？"

我把头靠在上下床铺间的楼梯扶手上，说："嗯，先待着，待不下去了,就去找你们。"

后来,"找你们"仅仅成为了彼此间偶尔的一次短暂相聚,事实是,我只身一人,在这城市又继续待了6年多。

其间,攒了多少失望,对应着,就有动了多少次离开的念头,每次念头一出现,又都会被一些或多或少,适时出现的归属感打掉。

临近离校的一个月里,大家都在学校废着。

早上起床刷牙,一张嘴就钻心地疼。嘴巴里烂了四个口子,擦了些"冰硼散",溃疡口因为药物的触碰,痛得更彻底。

35摄氏度高温真真抵不住汗流浃背,只能靠宿舍里仅有的吊扇拼命去平衡这种温差。

早上10点和巧到博文楼填写党建材料,一直待到了中午,才走下楼,巧说:"走吧,去瑞京吃小炒。"

瑞京是我们学校的旧宿舍区,一楼门店全是大排档,大学四年里的荷包在里面砸进去不少。

我打开遮阳伞,朝她靠过去:"不吃食堂啦?"

"不了,今天换个地点。"

"行啊,有钱,就是爽快。"

说到有钱,是巧前段时间的事儿。

当我们在各个新闻媒体单位进行无偿实习时,巧则跑去另一座城市的一家商报分站面试,并且顺利进入试用期。在一个月的考察期里,因为采访很拼命,加上一手好文笔,被站长提前录用,每个月就开始有了微薄的收入。

这次向商报请假，返校几天，办些手续，还得舟车劳顿奔回那个城市。

今天午饭后，巧就得走。

小炒店里人不多，这就意味着待会儿上菜的速度不会慢到哪里去。

等菜的时候，想聊些话，旁桌的十几位女生，突然闹腾了起来，持续聒噪了好几分钟。

那是我第一次反感女生"嬉闹"。

巧瞥了一眼，在我耳边说了一句："丑女乐翻天。"

我不厚道地笑了："你别忘了，大一那年，我们也是这样闹过来的。"

巧摇了摇头："现在一把老腰，闹不动了。"

第一盘菜上了桌。

我拿了一双筷子递给她："跑新闻倒很利索。"

巧拿碗装了些米饭给我："没什么特长，就这个干起来还有点劲儿。"

"滚。"

"滚"这个字，是回应她的"没什么特长"。

书法好，文笔好，能绘画，又能跑，常年参加厦门马拉松赛事，也好摄影这口，兴致一来，还能弹一手吉他，再怎么都算是真心对得起"巧"这个名儿。

饭后，送巧到车站坐车，丢了句："好好照顾自己。"

她说："好了，跟个妈似的。"

我继续陪她走："那就把我当妈，你开心就好。"

她突然认真转过身看我:"信不信,姐姐我在那边租的可是贫民窟。"

我说:"信啊。为什么不信?"

后来隔了一年,她就把商报的工作辞了。问过她原因,她说:"感觉不对味,商业化盖住新闻性太多,不想让自己有那么浓的铜臭味。"

接着辗转了一两年,跳槽了几家媒体后,就职到了新华网。

论新闻抱负,我只服她。

毕业散伙饭那天,新闻传播学院的两个广电班都凑在了一起。

大学四年里,我喝醉过三次。

第一次是大一上学期的中秋节,和舍友们偷偷买了几罐啤酒,藏在书包里,并且在宿管阿姨的眼皮底下成功作案,顺利逃脱。那晚,我喝得不多,但吐得很辛苦,致使接下来的两年内,我都不想碰酒。

第二次是学生会影像部的送老生散伙饭。我是那一届唯一的老生。在我所有参加过的部门社团里,独独影像部让我难以割舍,尽管散伙饭上,已经有一半以上刚纳进来的新生面孔我叫不出名字了。

第三次,留给了院系的最后一次聚餐。餐馆儿里有几台电视机,老板给了几只麦克风,于是散伙饭到了尾声,就唱歌,敬酒,痛哭,一起上。这一场我很理性,尽管周遭已经哀号一片,我依旧和舍友们很认真地吃菜。第一场结束后,班长拿着麦克风,大声说:"大家别走,下一场去某某KTV,几号到几号包厢都是我们的,继续啊,嗨通宵啊。"

我们才放下手中的筷子，凑了十几个感情要好的，选了一个房间，点了几首歌，正式进入离别演练状态。其间，别的包厢的几个同学拿着酒瓶过来串场，说了很多话，不知道是不是因为酒精的关系，连不喝酒的人吸一口气，吐出来都有一股发酵后的酸。

原本计划好通宵的不醉不归，终于在几瓶酒下肚，几段话说完后，提前清醒。凌晨3点钟，我们搀扶着出了KTV，走到闷热的大街上，一路上，电视剧里的鬼哭狼嚎、抱头痛哭统统没有出现，所有人都没说话，反而出奇地安静。

告别不一定用力，但这并不妨碍每一句话好好说。

我目送她们离开，留给她们一副无所谓的背影，却在空荡荡的宿舍里，一个人难过了一下午。

她们走后，我在这个城市荡了一年，那时还有些梦，毕竟，我也是个靠梦活着的人。

只是她们寄予的高期望，我始终没有达到。

荡到第二年，被这个城市的交通电台捡了去，就这么到了现在。

以前，看到乌云密布，不晓得什么时候会下雨，披上雨衣，穿上雨靴，准备迎接这场雨，等了几分钟，发现乌云渐散，嘿，我真心喜欢你微露的光斑，在我做着最坏打算的时候，你给我一道光。

第二章  我听见你叫我的名字

## 一切情怀都是对岁月的致敬

"广播是一种情怀,虽忙但不盲,舍不得用'工作'两字俗化它,也不会将它上升到阳春白雪不染尘土,我只是庆幸,它在实现我理想的同时,顺便免去了我为生活奔波的其他苦。"

我明白,待繁华落尽,终有一天,你会远去,我也离开,但是我的声音还在。

你晓得,这世上,没有人愿意品尝保质期后的食品是否还留有一丝美味,也没有人能够买到一件无限期延长售后服务的商品,但是却有很多人只在意那些被年岁沉淀、打磨许久的东西,情怀算一个。

单讲情怀二字,是抽象了一点,不如我们具象化一些,就像听老歌一样。旧是旧了点,但总比新的来得习惯和顺手。

我在节目里放得最多的就是老歌,每天被情拥入怀,并且把这份情也通过电波给了你们。

90年代,那时候的电视广告都有认真在看,循环一首歌时都有认真在倒带,买衣服都有认真在看价格,邮票都有认真在贴,信都有认真在看，姑娘少年都有认真在爱。

那是一个认真的时代。

我在这个时代里，做了许多认真的事情。听广播算一个。

高中三年的晚自习，我都在家里完成。桌上一摞摞的卷子和做不完的习题，是熬夜的理由，陪我度过熬夜期的是家里的那台收音机。

90年代是广播的黄金时代，不管是节目，还是主持人，都在那个时代里开出了一朵花，我为此闻着香味走过了好长的花期。

好多流行歌曲都是那个时候从电台里听到的，倘若觉得好听，就会特意留心主持人的口播，然后记在本子里，一旦攒了零花钱，就跑去音像店，淘个磁带回来，放在随身听里循环个够。

日子一久，磁带攒了很多，歌曲学了很多，但听收音机的习惯还是一直有。随身听里循环到腻味的歌曲，再后来不管用什么样的形式从电波里传出，还是有如初见般美好。

机缘巧合，几年之后，换我在直播间里，把这些曾经的美好，一首首放给你们听，日子还很长，可能暂时不走开，一切应该可以慢慢来。

做了几年的晚间音乐节目，直播前，我都要在电脑前耗上几个小时搜歌，准备的过程是一种享受，下节目后，看到你们心仪某种听歌情绪的留言，对我来说，是一种成就。毕竟就想给你们最好的，所以，尽管心安理得收下。

直播时要戴大大的耳机，说一些话给自己听，另外一些给你们。直播室除了机台，除了自己，余下的空间要用歌曲大大的音量填满，才不至于显得空荡。

直播时，会打开互动平台，收到很多留言，也知道很多人在。

尾号 1546 的听友也许会发来一条问候信息，两字"你好"，无他。

尾号 5968 的听友是老听友，上了年纪，小情小爱的起伏情绪和歌曲早已不在他的人生列表里，但依旧留话，送上一些人生励志格言。

尾号 4578 的听友也许每天都要点一首歌，不管我放还是不放。

尾号 8965 的听友也许很喜欢一个女生，可是女生喜欢另一个男生，就这么我爱你，你爱他，爱不到，很纠结地过了一年又一年，但每天还是会送祝福给这个女生。

尾号 1586 的听友是个的士师傅，来这座城市有 10 个年头了，经常给我发来路况信息，永远有着乐观积极的生活态度，并且经常以长辈的身份劝导年轻人，爱情要投入，婚姻需谨慎，工作要疯狂，生活需淡然。

尾号 3590 的听友也许刚刚失去了一份工作，游荡在城市的边缘，她说此刻孤独到只剩我的歌曲和声音。于是我在节目里给她加油。

尾号 1783 的听友也许是个学生，明天应该有一场考试，但她决定合上书本，收好提纲，就着电波入眠。道了晚安，希望梦里安好。

尾号 5678 的听友刚刚入职，他告诉我，从高中到大学毕业听我的节目，听了整整 5 年。我在心里感动了很久，5 年的时光，感谢他邀请我参与。

直播室放歌的时候，我大多是放空的状态，一首歌大致四五分钟，想太多怕时间不够，于是就都不去想。

节目接近尾声时，下一档节目的主持人早已在导播间等候，准备交接班，关掉话筒，拿走自己的小物件，出了直播间，和同事打完招呼后，塞上我的小耳机，随便循环一首歌，就坐着电梯下去了。

因为是晚间节目，每每下班早已万家灯火，混在一堆夜归人里，并无太大心情欣赏霓虹酒绿。

人定归本，早安眠。

头一年进入广播行业，最忙的时候，经常是早间直播、午间直播，下午直播、晚上直播连着转，没有私人的生活空间，友人邀约总是赶上直播的时间点，除了抱歉还是抱歉。

四档节目里，有三档直播全在饭点，饿到不行了，就趁着广告时间，跑去休息室低头扒几口已经凉了的饭菜，再冲进直播间继续做节目，这样的状态持续了两三年。

2013年年底，接触到网络电台，是一次偶然。

早前，喜马拉雅网络电台成立不久，团队里的一位编辑在微博上私信了我，表示了邀请的想法，当年整个网络电台市场才刚刚起步，一切都在尝试中，我答应了，并且决定把它当作是自己的一块记忆声储平台，等到哪天年事已高，嘴巴说不动了，也能给自己留个念想。

于是，每天会将自己的直播节目录音剪辑完毕，上传到平台，偶尔入睡前，也听听自己的状态，哪些不好，做个自我检讨。

一开始，平台上收听我节目的人并不多，加上时常偷懒，节目更新的时间并不固定，自己也就不太在意，大致过了一年，偶然会在留言里看到一些暖心话语。

诸如"很喜欢你的节目""什么时候更新呀""怎么还不更新呀，等了好久呢"，那一刻，突然觉得情绪很微妙，隐隐觉得有人等你。所以，不管如何，至少我不能辜负这几份期待，于是开始上心打理。

慢慢地，就这么上心了一年，两年，好多年，你们越来越多，我的心也越来越满，并且知足不贪图。

一次，频道同事对我说："上次去八达大厦边的陈氏推拿，有件关于你的事，我很感慨，里面的推拿师傅，他们的眼睛都看不见，在他们的世界里，只有声音，他们听你在喜马拉雅的节目专辑，每次都要摸索着拿手机找到你的节目，他们说，看不见，不方便留言，但单纯听着就会觉得生活有动力。"

我感动了，甚至有点红眼眶。

我感恩这份职业，为我带来了许多"受宠若惊"，也决不让自己"恃宠而骄"。我看见你们的文字，接受你们的各种情绪，想象你们的每一个处境和表情，它来自地铁人海，它来自庭轩单影。

城市里，每天都有很多人离开，又进来，还没相识一场，就要试着遗忘，情债没人要求赔偿，所以一到夜晚，情绪就会开始泛滥。

这样的情绪，丢给我这样的陌生人，会显得比较不那么矫情，也可以比较没有后顾之忧。

所以，我必须要谢谢你们愿意承担这样的风险，就我本人而言，我也愿意赋予这个陌生人多点，再多点的善解人意。

## 红雨鞋还在，小花伞也没有丢

3月，天朗气清，惠风和畅。

雨水季，南方开始多了些温润，貌似小城的才情随时都要从空气里渗出来。

在这个行走于马路边，随时可能跌进诗句的季节里，我接到了一个采访任务，当天下午在小城的某个儿童书店里，将有一场儿童诗会，看了邀请函，才知道是中国台湾著名的儿童诗人林焕彰老师。前段时间，他来我大学母校举办的一场诗歌交流会，我错过了，没想到，这次让我赶上了。

13点，直播节目结束，匆匆忙忙收拾了包，拿了采访机，拉着频道的实习妹子，就出了大楼。诗会在14点30分开始，意味着我们的午饭时间并不长，扣除掉路程，我们的节奏不敢慢下来。

说来惭愧，在这个城市待了好几年了，但自己确实是路痴一枚，方向感几乎为零，于是，找诗会的地点，又花去了20多分钟。

还好，没有迟到，反而早到了些。

一坐下，就收到了诗会工作人员发的小册子——"遇见花和蝴蝶"。背后写着一段话："我的猴子，每一只都应该很开心，这是一种哲学，也是一种人生观。快乐就是我们要实践的理念，我这样告诉我自己,自己就真的快乐起来,我很开心。"

紧接着被册子的明艳色调拉进了对流层,淋了一身的纯真和美好,全身尚未干透之际,林焕彰老师就来了。

头发花白,略显清瘦,很是可亲。在场的十几位本地诗人都站了起来,和林焕彰老师打招呼。我和妹子站在旁边,由衷微笑,这是我们给予的最真诚的见面礼。

所有人落座后,诗会正式开始。

他说诗册里的句子,聊册子上的图画,语气温柔,节奏舒缓,他乐意把那些保存完好的童趣,一点点放在你摊开的掌心里,又将你的手掌合起,生怕你撒了一地。

我喜欢他的一首儿童诗,名字叫《影子》。

"影子在左,影子在右,影子是一个好朋友,常常陪着我。
影子在前,影子在后,影子是一只小黑狗,常常跟着我。"

我很谢谢他让"影子"在孩子的世界里,活成了最忠诚的好友模样,晴天可以看见你,雨天你躲心房里。

"影子"这个东西,我在那个哗啦啦唱着"我们的祖国是花园,花园的花朵真鲜艳"的时光里,应该也好奇过,欣喜过,而今,成人安在它身上的字眼大多是"孤独""寂寞",这不公平,我也晓得,我也惭愧。

我开始试图回忆那种"开怀大笑"的表情,开始对着镜子练习"像孩子一样的笑容",但大多带着表演的成分,现实的压力太重,嘴角下垂得厉害，生拉硬扯，哭笑不得，这副表情着实令人嫌弃。

于是，我在诗会的交流环节里，提了一句"如何在生活中保持童真，希望老师指点一二"。在场的其他前辈起哄地说："生一堆孩子就可以了。"接着笑得很欢乐。

坐在对面的一个女士，颇有感慨，说有一次，她的儿子拿着一个汉堡跑去找邻居家的小孩玩耍，邻居家的小朋友很想要这块汉堡，于是就和她的儿子商量，可否用手中的一粒咸金枣换取，她的儿子立马答应了，回到家后，她指责儿子，太傻了。

在这次交易中，她觉得儿子明显是亏大了。可是，她的儿子却告诉她："我喜欢咸金枣，不喜欢汉堡，我拿到了我喜欢的零食，为什么不能开心？"

成人喜欢到处衡量价值，小孩只考虑喜欢或是不喜欢，前者图了面子，后者愉悦了里子，里子才是快乐的安身之所。当然，这个道理成人也懂，但未必肯承认，因为他们还得为了面子，去否认这个道理，于是，长久地陷在一种"不是真正快乐"的状态里，还要喊着"我很快乐"的自欺欺人里。

邻座的一位先生说，他的孩子前几天做了一首诗，他很开心地拿起一看，内容居然是："锄禾日当午，读书好辛苦，一个破小本，一读一上午。"

这位先生笑着说，孩子很有想法吧，还懂得诗歌创作要押韵。在座的很多人都乐了，陆陆续续丢出几句，诸如："是啊，现在上学确实辛苦""孩子压力大""我们以前就不敢这样写"。

我很意外，家长们可以为这份"理解"埋单。

斜对角坐着的一位女老师，和大家说，她特别喜欢日本童谣诗人金子美玲的诗，于是她提到了那首《花儿的眼泪》。

"谁都不要告诉，好吗？清晨庭院角落里，花儿悄悄掉眼泪的事。万一这事说出去了，传到蜜蜂耳朵里，它会像做了亏心事一样，飞回去，还蜂蜜的。"

那一刻，我连吸进的空气，都觉得夹带柔软。这世间的每一个生物，都依赖情感活着，凭什么就你人类会哭，会笑，会相聚，会别离，你不懂，不怪你，你看不出来，没关系，这些诗人告诉你。

这是一群住在城堡里的翻译家，擅长把不同物种的复杂语言，简化成同一种情感。

我接受这份情感，毕竟它在我的孩提时代里，给过我阳光和温暖，我也丢过这份情感，甚至一度不曾为这份丢失而遗憾，但是今天，我突然有了想要找回它的意识，也希望你有。

身边有一个妹子，是一名幼教。我问过她，带孩子累吗？她说，累，但是收获很大。我很好奇。

她回忆，一次上课，班上有一个男孩，特别淘气，屡次干扰其他小朋友的情绪，将整个课堂闹得很糟，在几次提醒没有效果之后，她走到这个男孩面前，抓住他的袖口，想要把他拉到教室的偏僻一角，一来让他反省，二来留给其他小朋友安静的课堂氛围。可能在抓袖口的时候，力道狠了点，以至于将自己左手的大拇指指甲弄折，血立马流了出来，痛感瞬间袭来。

男孩看到了，先是慌乱，继而紧张，后来索性哭了起来，嘴里一直说着："老师对不起，痛不痛？怎么办？怎么办？"

孩子怕血，怕疼，所以，他觉得，此时的老师一定是难受的。

朋友在收到孩子关心的信息后，气瞬间消了一大半，虽然她觉得孩子的表现，也可能是因为害怕再次受到指责，才有了这样的情绪转化。不过，不管怎么，她没有打算执行刚才的惩罚，而是让男孩回到了座位上，并且语气回暖，告诉他，要好好上课。

男孩一个劲儿地点头，脸上的泪滴还挂着。

下课后，男孩跑过来和她道歉，那一瞬间，就觉得一份温暖在胸腔撞了一下。

他把这份受伤归结于自己的不乖，他把这份内疚藏了一整节课，他不怪她那么用力地抓他袖口，受伤活该，他不怪她训斥自己不乖时用的语气那么冰冷，受点伤又怎么了，反正是大人。

那一刻，她内疚到不行。她用了成人的思考方式，质疑了男孩的关心，而男孩却用了单纯的爱，诠释了宽容。

在孩子的心里，爱，经常留宿，恨，极少过夜。可是成人，常常忘记爱，却又将恨记很牢。

## 选了就要有勇气善后

南瓜，是我自己的微信名。有一部分原因是带了个"南"字，有一部分原因是因为我喜欢于尔克·舒比格的一本书《当世界年纪还小的时候》。

书的最后一页写着："洋葱、萝卜和西红柿，不相信世界上有南瓜这种东西。它们认为那是一种空想。南瓜不说话，只是默默地成长。"这段话，见第一次的时候，就喜欢上了。我想一定是纯净至极的人，才能写出这样无杂质的词句。

事实上，整本书都让人觉得可爱无比。在书里，没有了水费、电费、物业费一堆的生活收据，没有了人情世故上的闲言碎语，一切不满都能讨价还价，一切喜欢都能被纳入怀中，甚至还可以和死神谈条件。

于是，"南瓜不说话，只是默默地成长"这句话常年挂在我的签名档。

至今为止，对于这句话，应该算是践行了一半。

高考填报志愿时，我选择了传媒类专业，有人劝我想清楚点，不要太果断，毕竟我填报的是一所师范类院校，以当年的分数，选择师范类专业，无疑是世人眼中那种"再好不过"的配搭。我很谢谢对方们善意的提醒，但还是坚持了自己的选择。

因为只有我清楚，这个选择我到底思考了多久。

初中三年，高中三年，这段时间，足以让花开六载，雁群往来。

有人喜欢让无限种后路同时存在于选择里，可我明白自己只要做了决定，便只能是绝对。没有更改和后退这一说。没有专业调剂，没有专业备选，结局注定要么 0，要么 100。

孤注一掷，这个习惯不好，所以你们不要学我。

通常在一场赌注里，愿赌服输才是好人品。输不起是说给死人听的，只要没走到人生尽头，总还可以后退了，再前进。

那一年，那一局，赌得还算顺利。

此后的四年学习生活，我都在为这一局而努力。在我所有的专业课里，唯独没有广播以及播音与主持，但偏偏我在毕业后误打误撞从事了广播播音，这就意味着，我得一切从零开始。

有些事，想得不可得，你奈人生何。有些事，可得不懂得，错过才晓得。而有些事情，喜得不知为何，冥冥之中算是有幸才能得。

大二那年暑假，误打误撞在电视台进行过社会实践。

当时分配到一档娱乐节目里，第一次见栏目组的制片人，紧张得说话都结巴，打哆嗦。

他戴着一顶鸭舌帽，休闲装扮，在单位的二楼咖啡厅里见了我。

整个谈话的时间不长，也许是他态度温和，我自然也就放松了许多。内容大致是，学校里学了什么，哪些比较擅长，我把自己真诚地介绍了一番，他便决定让我当实习编导。

传媒专业的学生，只要在媒体单位实习过，都深知逃不过一项活，那就是打同期。说透了，就是听着节目，把每一句台词以字幕的形式，添加到后期制作当中去。这是个体力活，没有技术含量，只要有耐性、会打字就行，所以机房里头，通常会把这项活打发给一群愣头青实习生。

一个小时的节目，往往要打上三四个小时，忍住烦躁完成了一期，还会接着打另一期，直到心里可能想骂脏话，可能想撂下鼠标、键盘说一句"老子不干了"。

当然这些心里戏统统都没有上演过，实际上，是贱兮兮的觉得该珍惜了。

机房打字总比坐在办公室看一上午的报纸来得稍微有意思点儿。

我在机房也做了一段时间"有意思点儿"的活，幸运的是，没过多久随即又做了"更有意思"的，真正属于编导的活。

白天，开始和栏目组的编导、摄像们一起外采、外拍，一个星期后，栏目组开会，想要开辟一个周一娱乐新闻播报的板块，希望大家给意见，刚好那段时间，所有编导手头工作特别多，精力完全不够，于是，我就承担了周一节目的重任，制片人让我放手做，做得好就上线，做不好再修改，毕竟这个板块上线的时间灵活度还是比较高的。有他的这番话，接手这项任务，压力自然也就小一点。

初生牛犊不怕虎，居然，我的第一期节目，制片人通过了。他告诉我，这个板块下个礼拜就上线。

有些肯定，会让人成长，我一向都信。

第二期节目意外又得到了认可。内心的惶恐也就慢慢减弱了，加上栏目组的编导和摄像都是一群聊得来的年轻人，很快就和他们熟络起来。

干媒体这行，时常加班加点，手头的工作一个接一个，到了饭点，随便叫个餐，大家堆在办公室里，配上几个笑话段子，就能解决。

每周五晚，栏目组的所有成员，包括制片人、编导、摄像、后期都要在机房里开会，得知我也在会议名单中，多少有点受宠若惊。

第一次参加，我略表兴奋，油条拍拍我的肩膀，说："希望你第二次参加，还能保持这种心情。"

油条是负责带我的编导，性格直爽，做起事来风风火火，干净利落。

她说的这句话，在会议进行到一半的时候，我就有了深刻的领悟。

这个会，实际上就是个看片会。每次，制片人都会从这个礼拜里，挑出两期节目，让栏目组所有成员一起观看，尽管每期节目的画面、台词，大家早已烂熟于心，但说好的学习经验交流会，就一定要将教材再认真观摩一遍。

通常，所有人的灵魂到了下半场都出了窍，除了制片人。

我在出窍的同时，顺便环顾了四周，谁打了几个哈欠，谁偷偷用手机聊了天，谁和谁交头接耳了几次，居然准确而又无聊地记了下来。

看片过程中，只要遇到些需要点评的画面，制片人都会很认真地按了暂停，这时，被他点到名的成员就会开始自我检讨，大致是取景不到位，后期不细致，配乐不准确，两档节目下来，一场看片会通常要从19点熬到23点左右，大家才一脸倦容地散了会。

停车场边，油条走过来，说："怎么样？发表一下你首次参会的感言。"

我跨上自行车座，告诉她："说实话，你们挺不容易的。"

"那你以后还想做媒体吗？"

"想啊。"

"还想？不怕每天加班？"

"我只怕闲。天生劳碌命。"

从电视台到学校，自行车要骑上将近一个小时的路程，虽然将近零点，但路上的行人并不少。

这个城市的大夏天，天天都有扎堆的烧烤摊，大排档营业到后半夜，整条大街浸泡在浓浓的孜然味和焦味里，烟熏火燎，觥筹交错。一天的疲惫混着几杯酒下肚，话匣子就开了，抽上几口烟，咽下几句牢骚，吐出几口真性情。

消费的几乎都是常客，老板或老板娘对他们的口味了如指掌，上菜的时候，时不时拉上几句热乎话。

"谁谁谁怎么好久没来了?"

"谁谁谁上周还和一个妹子过来呢。"

"谁谁谁今天……"

最后那句"谁谁谁"没听全,红灯变绿,我已一脚踩远了。

到了宿舍楼,看了下手表,还好没超过零点。

刷了门禁卡,宿管阿姨看了我一眼,有点不满:"怎么这么晚?"

我让这副倦容用力挤出一点歉意:"实习单位开会,所以晚了,下次会注意。"末了,还补上一句"阿姨辛苦了,早点休息"。

隔着玻璃窗,阿姨挥挥手,示意我进楼道去,语气软了些:"女生那么晚,很危险的。"

我连忙点头:"没错,没错,下次不会了。"

大二暑期,宿舍就我一人留校,夜间,不敢一人入睡,恰好隔壁宿舍的鬼鬼和娥在报社实习,于是我们三人做伴,一般我在自己的宿舍洗漱完毕,就跑到她们房间的床铺睡觉。

我回去时,鬼鬼和娥已睡着,我轻手轻脚锁了门,爬到了上铺,拉好蚊帐,挨上枕头,居然立马睡着了。

半夜,鬼鬼迷迷糊糊说了几句梦话,随后翻了个身继续睡。

宿舍又静了下来,只剩下头顶的风扇吱呀呀转了一整个夏天。

# 低电量模式

生活里确实有很多事不顺意，但这并不代表你一定要逆扛。

电视台实习那会儿，从我正式接手编导的活开始，"拼命三娘"的角色算是彻底入戏了。

除了单独负责的周一板块之外，还要跟着其他编导、摄像一起外采。

当时栏目推出了户外游戏互动板块，各个编导奔走商铺拉赞助，沟通节目流程，联系节目嘉宾，制作游戏道具，烦琐而费力。

节目内容大致为栏目组的主持人和一群嘉宾到事先洽谈好的商家里，与店铺工作人员进行一轮又一轮的游戏PK，赢得方可获得奖品。

偶尔嘉宾人数不够，就要实习生凑。

我第二遍问了晶："你确定让我上？"

晶是负责这个游戏板块的编导，那些烦琐而费力的活，由她承包。

"对啊。你别告诉我你反悔哦。"

我把脸凑过去，压低音量："我要是说我会紧张呢？"

"没人了,你不会真让我开天窗吧,除非你帮我找一个嘉宾补上这个窟窿,否则下午你逃不了。"

晶的五官扭成了一团,看来真是穷途末路了,才会压上我这根最后的稻草。

"那说好了,游戏输了不能怪我。"

"放心吧。让你去,我就没打算赢。"

最后这句,还真就激起了我内心的小小胜负欲。我决定拼一把。生活中有很多事情,一定要努力试试看的,试了你就会知道,果然,不行。

人生中第一次出镜,游戏力几乎为零,次次都被对手超越,负罪感爆棚。

回台的路上,我问晶:"这期节目什么时候播?"

"应该是下周三、下周四吧。"

"为什么是两天?"

"上下集啊。"

晶见我不说话,问道:"怎么了?"立马又补上一句:"记得通知家人收看。"

"不不不,我一定不会让他们看到的。"

一个礼拜后,我接到一个高中同学打来的电话,对方连寒暄的场面话都没有,开头就是:"你好逊。哈哈哈哈。"

"什么鬼?"我没反应过来。

"电视上啊,我看到你啦。"

"你居然看本地节目?"手机差点被我扔掉。

"你居然游戏做那么烂。传说中猪一样的队友说的是你吗?"

我心想,你这还只是看了上集,你要是看了下集,一定不会做这样的比喻,毕竟你也会心疼猪。

后来,我又陆陆续续跌进坑几次,全都在晶的软磨硬泡下,心一软,嘴一撇,答应的。礼尚往来,晶也帮了我不少忙。单单在周一板块的节目制作上,就给了很多中肯的经验之谈。虽然每一次的录制,也并不都十分顺利。

一次在摄影棚录制我的周一板块。

作为编导,要做的事情特别多,负责一整期节目的稿件内容,还需提前让主持人熟稿,联系摄影棚的工作人员,把稿子放置到提示器上,还要在摄影棚内播放新闻配图,搭配主持人的口播节奏,等等。

那天栏目的主持人有事请假,不得已临时借调了其他栏目的主持人来救场。

不过,当天,这位新主持人的心情似乎不好,录制时出了比较多的差错,在场的人也看出来了,她今天没有熟稿。

后来她开始躁起来,提词器快了、慢了,都在嫌弃的理由中,读到第三段的时候,她突然脸一沉,停下来,对着旁边的人说:"谁是编导啊,这稿子谁写的,这个英文怎么念啊?"语气带着不满和不耐烦。

我听到了，赶紧回应："我是实习编导，抱歉。"

我从电脑前跑开，看了一下提词器上的英文单词，也懵了，这是国外一个后期制作团队的名字，我也确实不知道如何发音，于是我赶紧解释。

她很冷地回了我一句："不知道你还写。"

说完便不再理我。示意摄像师接着录，对着镜头立马换回一张职业式的笑脸，同时也主动选择把稿子上的这句话跳过。

当下，我不再说话。所有人继续开工，避开了尴尬。

节目录制了两个多小时，收工时，摄像忙着调试机器，检查录制画面，灯光师陆续关掉了影棚里的灯，我和摄像打了个招呼，就拿着稿子进了机房。

直到21点，才走出大楼。

一肚子的委屈居然在逛了一趟学校食堂后，神奇地消化在一碗麻辣烫里。

一个多月的实习期很快就到了。

我和栏目制片人交接了手头的工作，他很诚恳地希望我可以继续留下来实习，毕竟暑期还没结束，我很感动，首先，因为他的态度真诚，再者，觉得自己的工作能力被肯定，那我这段时间的努力就没有白费。

不过我还是选择了离开。他见我去意已决，便不再多做挽留，但依旧表示，想要实习，随时回来。

我感动了。

他的肯定，我受益过，以至于在往后的日子里，我几乎都给予

## 有些话，我们坐下再说

身边的人肯定的鼓励，因为我太明白这里面的力量了。

至于我为什么不留下来继续实习。

那是因为我急着回家看北京奥运会的直播。

我有浓烈的奥运情结。

那一年，2008年。

那一年，是我们欢呼、骄傲的中国年。

那一年，我们创造了43项新世界纪录及132项新奥运纪录。

那一年，我们以51枚金牌居金牌榜首名。

那一年，我们是奥运历史上首个登上金牌榜首的亚洲国家。

那一年，那些年。

第三章 世界对我们招之即来，
挥之即去

## 半路遇见你,抵过到达的惊喜

有些努力啊,开头是一心冲着你,过程自己主力,行程过半才发现终点竟是一路奔他去。

一次单位聚餐,水足饭饱后,我和几个同事就在山里的小道散步,三四个凑一堆,聊天氛围刚刚好,人过多,情绪不好顾及,谈话也容易杂。

当晚星星在山庄的上空,特别显眼,同事赞了一声:"好美啊!"

我忍不住多了一嘴:"泸沽湖夜晚的星星更美。"

于是大家自由行的经验交流会就开始了。

其中一个同事是个自由行爱好者,每次出行都是自己一人。不管国内还是国外,攻略制作相当细心,前段时间刚去了日本,于是大家开始向他请教经验。

"花了多少钱?"

"不会说日文怎么办?"

"路牌标志看得懂吗?"

"景色好吗?"

一顿发问下来,才知为了这趟行程,他的攻略准备时间至少一个月。

我们问他："就没有出现小插曲吗？"

他说："肯定有，一次还错过了最后一班地铁，结果在飞机场度过了一晚。"他的语气，似乎并没有介意这个小插曲，反而觉得倒是为这段旅程增加了一些说辞。

在场的人表示这个插曲还是在可接受的范围之内的。

接受归接受，但当下的心情想必并非美好。

至少在大理的时候，我曾是如此。

6月份的时候，我去了趟云南。在大理落脚的日子里，白天闲得慌，就租了辆电动车，绕洱海骑行。

接过钥匙的时候，车行的老板娘嘱咐："姑娘要注意啊，前不久还有人连车一起冲进洱海里去了。"

我谢过老板娘的提醒，靠着手机上的地图，绕大丽线，环城路骑行，小心地上路。沿线风景的颜色，大多明艳，以至于这一路，我总觉着自己处在宫崎骏的夏天里。

躲过了几片小乌云，没淋上雨，正得意这般小确幸，却在返程的路上与人追了尾。

回到租车行，老板娘一看，立马沉下脸，一口要价赔偿700块，除了板材破损之外，其余误工费一天按200块计算。

对此，我有心理准备，估摸着老板娘可能会趁机要高价，于是，之前在回来的路上，就用手机查询了些资料，根据官网售后服务的数据报价，了解到一些行情，就和她说明了情况，也表示最多500块，老板娘不肯。

一番理论没成，我特别无奈地对老板娘说："阿姨，您不能欺负我这个外地的小姑娘啊，您这钱开得实在不合理啊。"

老板娘听完这话，音调瞬间拔高了一刻度，对着围观的几个邻居，非常生气地说："你们听听，你们听听，这姑娘说的什么话，说我欺负她，我什么时候欺负你了，你说，你把我车子搞成这样，就该好好赔钱，我怎么欺负你了。"

几个邻居也七嘴八舌，说着我听不懂的方言。

我哭笑不得："阿姨，您别生气，我不是不赔，关键是您这价钱真的不合理。"而且，我口袋里真没多少现金了，这才是我一直松不了口的最大原因。

显然，我的这几句话又增加了老板娘以及她儿子的怒火。几位邻居接着围上来，说了很多，大致是"小妹，赶紧的，700块交完，就什么事都没有了。交了钱，身份证再还你"。

我继续说明情况，她们继续保持态度，不松口，这场拉锯战随即又展开了数十分钟，后来，我索性就在车行的门口坐下。

站了很久，觉得累，隐隐发现腿开始有点麻。

天色暗下来，已经是将近21点了。

老板娘并不理睬，一副"你爱坐多久，就坐多久，反正我要关门了，身份证继续扣押，想都别想逃"。

这种氛围，容易让情绪上头，于是，眼泪就流得凶。

老板娘进进出出，并不准备搭理我。我就这么耗着，实在是没办法。围观的群众大致饿了，陆续散了，回家了。

又过了二十几分钟，老板娘再次从里头出来。

她把身份证拿到我面前，说："我是看你可怜，想起我有个女儿在外地上高中，也人生地不熟，孤零零的。"

表情我看不清，语气倒听出了几分"真是败给你了"的无奈。

我迅速接过身份证，把口袋的500块给她，不停地表示谢谢。

她转身走进店里，不再理我。我拿着包，起身走回去。

大理那天哭得很饱，晚餐饭粒未进，洗漱完就睡了。

哭也是个体力活。

其他同事还在讨论着外出走走的计划。

"最近，特别想带我女儿去一趟香格里拉。"这是婷姐。她是我们电台的播音员，丈夫是个画家。

她说："前段时间又看了一遍三毛的作品集，心里就特别想走。"

"三毛笔下的人文地理，是挺诱人的。"我很喜欢她的《万水千山走遍》。

当然诱人的，还有她洒脱的价值观。

大致是这样，爱人一个，心凑两颗，挂在怀中牵着走，故土红尘，免去世俗，走一走天涯，看看边境在何方，闻闻各地青草香。

这样的状态固然是很好。

这种生活，三毛过了一段，而后结束在丝袜里。这些随风奔跑的人，生何日，不可控，死何时，全凭自己裁断。

我们绕着小道走了好几圈，打算耗掉些晚上进食的热量。

"人要自杀，对这个世界的绝望该有多大？"我说。

"应该是觉得所有心愿已了,觉得接下来做的事情都很痛苦,那个时候就会想死。"婷姐回答。

三毛一生中自杀三次,两次从死神手里回来,第三次断了归期。每一次活下来,都有另一段信仰支撑,最后一次,看尽人世,再多信仰也救不回。

不知不觉,我们居然已经顺时针绕了八圈,在第九圈的时候,大家建议换个方向。

我说:"觉不觉得窝在世俗里,有时候挺尿的。"

她笑笑:"都是尿人。"

当然也有不尿的。

前几天看新闻,讲的是一对夫妻的快意人生。丈夫是武当松溪派第十三代传人,以制琴为生,妻子随夫隐居山林,上山挖药,弹琴练剑,粗茶淡饭,一袭布衣,肆意潇洒。

看似清心寡欲,实际最需要勇气。而我的勇气只够发个牢骚,所以认尿。

远处山脚下的灯火,又亮了几盏。

在丽江那会儿,住的客栈是一对中年夫妻经营的。

男人是画家,鲁迅美术学院毕业,甚是儒雅,长衫马褂,仙风道骨,客栈里里外外都挂着他的画。女人拥有一颗少女心,热情且贴心,闲暇时就跟丈夫学画画,发型多变,衣服上常有大朵大朵的花和深邃纹理。

夫妻俩喜欢和小住的客人聊天。来自四方的客人多少在这里留下点痕迹，以至于夫妻俩常常对着新住客说："上次这儿住过一个你们的老乡哟。"

合眼缘的人，开口第一句就知能深聊。

客栈里养了一只金毛，叫迪卡，一直替外地上学的女儿陪伴两人日落晨曦。

女人很喜欢和迪卡斗嘴。

前天客栈来了两个小姑娘，一踏进庭院，就被迪卡的吠声吓得不轻。女人一边对着两个小姑娘不停地说"对不起"，一边训着迪卡。

安顿好小姑娘的房间后，女人经过庭院，还忍不住补上几句："不乖，连小姑娘也欺负。"神情像极了母亲对儿子的责备。

迪卡趴在地板上，委屈至极。

我不忍心，打算到庭院安抚它的情绪。事实证明，我没有成功为它送去慰藉，因为它只是抬眼短暂地看了我一下，随即不再理我。

离开客栈的那天，它使劲冲我摇尾巴，我竟有点不舍。于是学着女人的语气和它说话，"我走啦，迪卡拜拜。""以后再来看你哦。"

走的时候是晚上，丽江古城的酒吧街已经开始营业了。路过四方街，二楼窗户边，一个男孩弹着吉他，唱《斑马斑马》。

一楼的大街，站着三三两两的旅人，听得出神。

我也凑了个数，听完整首，才离开。

好啦好啦，"斑马，斑马，我只是个匆忙的旅人啊。""你睡吧睡吧，我终究还要回到路上啊。"

好啦好啦，"我是强说着忧愁的孩子啊"，毕竟，我还不敢"卖掉我的房子，浪迹天涯"啊。

远处传来其他同事的欢声笑语。

这种集体聚会，就当算是一次远离柴米油盐的短暂出逃。大家开很污的玩笑，做很无厘头的游戏，笑要很大声，酒要喝很猛，在这几个小时里，不管不顾，只要开心就好。

没有勇气出走一辈子，至少还能潇洒出逃几个小时。

谁没几个理想主义的规划，不争不抢，养花种草。可是，又免不了俗气地想要生活来源，想要物质上的安全感。

婷姐说了一个她的朋友。

这位朋友，也是媒体人。干了几年电台工作，压力一大，患了点抑郁症，总觉得生活挺没意思的，于是辞了职。

接着用了些积蓄，和她的朋友相约，往东南亚几个国家开始行走。最初，这个朋友的英语不行，出门在外，生活的日常交流都靠同伴。

但很快，同伴一个月的假期结束了，不得不回上海继续上班。她觉得自己一人在外，没能力独自生存，只好跟着回来。

可是仅仅在家里待了几天，就觉得情绪低落，难受。不敢继续待着，忍不住又拿了些积蓄，打算行走。

这次，她一个人上路，去了尼泊尔，朝圣之地，洗涤心灵，尝试着用蹩脚的英文与当地人进行交流，就这样过了一段时间，英文口语进步还真挺大的。后来，因为水土不服，时间一长，身子受不了，只好返程回家。

"后来呢?"我有点好奇了。

"后来,回家后的那段日子,她就买了一堆书,认真学英语,还考了托福,分数特别高。一开始的出走,是因为对生活感到迷茫,可是却没想到在这趟旅程中,收获了另外的成绩。还真不错。"

嗯,这是个意外花朵,当初本不是目的,所以结局得到才格外惊喜。

我倒有个女性朋友,也得到过这种惊喜。

女生曾经特别喜欢同班一个男同学,高考后,两人上了不同的大学。距离远了,情愫却未淡。偶尔女生会躲在宿舍走廊的转角给男同学打电话,什么都聊了,就是不敢聊爱情。

后来在其他舍友的鼓励下,终于鼓足勇气表白了,可是男同学委婉拒绝了。此后一段时间,女生情绪低落,时不时大哭起来。后来两人通电话的次数少了,可是女生逛这个男同学大学贴吧的次数却更频繁了。

一年后,女生结识了该学校贴吧里的一个男生,原因是这个男生也喜欢一个不喜欢自己的女同学。于是两人一次偶聊,突然有种同是天涯沦落人,相逢应该有必要相识的冲动。

接着约了见面,地点就选在她喜欢的男同学的大学里。

或许一开始确实是带着爱屋及乌的情结见面,后来接触久了,贴吧男居然走进了她的心里。再后来,两人成为了恋人。

大学毕业后,彼此见了双方父母,尽管男方母亲对女生的年龄和工作都不满意，但两人还是坚持走进了婚姻，如今，女儿已 5 岁。

日子过得算如意。当年喜欢的男同学，也已消失在青春里，许久不提起。

很多时候就是这样，最初的坚持也不是没有，只是对的风景在半路被发现了，也就没有继续上路的理由了。

## 她将是你的新娘

我常常会收到很多故事，它们大多来自于听友。

在广播的黄金时代里，它们曾以信件的形式，一摞又一摞地出现在办公室里。一个故事基本要走上好几天，才能到达收信者的手里。

虽然我与彼时代擦肩而过，却也有幸在当下通过社交网络收到了只字片语。

我曾经一度以为广播电台的主持人是世界上最幸运的倾听者，后来遇到她，才发现她听到的故事并不比我们少。

她是一名婚礼策划员。

我的搭档小静把她自己的婚礼定在两个月后举行，我是伴娘团中的一个。

对于婚礼的形式，她乐于与我商量，并且约了周二晚上9点，一起去一家婚庆公司看看。

当晚，靠着车载导航和几通电话，花了些时间，才找到了这家公司。

那是我第一次见到她。一米七多的高个儿女生，热忱，大方，扎了个随性的丸子头，比我和小静年长几岁，早已是个幸福的妈妈。

我们在公司办公室的一个电脑大屏幕前坐下，她早已备下几杯茶水在桌上，带着一些歉意说："不好意思，让你们这么晚过来，最近结婚的人特别多，手头的项目也多。"

"我们没关系的，只是这公司你一个人忙得过来吗？"小静说。

"还有一个同事。"她讲完笑了一下，又补上一句："说同事好奇怪，其实就是我老公。"

夫妻两人结束了十几年爱情长跑后，经营了这家婚庆公司，电脑文件里堆着密密麻麻的婚庆设计稿和现场布置图片，看来公司有些年头。

聊了几句家常后，她开始认真介绍起各种婚礼主题。

在看了上百张照片后，我指着其中一张，说："为什么这个婚礼的主题叫2805？"

她突然显得特别感慨，说："结婚那天，刚好是这对新人认识的第2805天。这两人一路走来很不容易的，连我都感动了。"

一般故事的轮廓出现了，不具体上个色，也实在吊人胃口。

于是，当晚不务正业地听了几个。

2805故事里的新人属于早恋，高中时两人就确定了恋爱关系。

高考后，男女生上了不同的大学，在不同的城市里，小心翼翼地维持着恋爱的热度。三年后，男生出国去澳大利亚求学。床头常年挂一幅世界地图，手机永远保留两个城市地标的天气。

思念从火车票，变成了机票。在不同的经纬度里，两个坐标能够漂洋过海的机会并不多，实在太想念了，也只能互通视频。

一年后，女生大学毕业了，男生趁着暑期回了一趟国，约见了彼此家长。

可惜，这趟见面没有得到来自长辈完满的祝福。男方的父母并不十分满意女生的学历，女生和男生两人深思熟虑后，决定继续深造，苦拼一年，也如愿在隔年考上了新加坡的一所大学。

不得已，两人的异国求学又延续了几年。

当下的心，是这样的。偶尔不远万里，赶来看你，这样长久的别离也并非不可以，反正最后能相聚，管他十万八千里，雁都会归来，花也会再开。

在我的世界里，这些都是自然规律，包括娶你。

第2805天里，两人步过红毯，接受所有人的祝福。作为婚礼策划人，她在现场哭花了一脸妆。旁人递了一张纸巾过来，说："你也擦擦吧。"

她才觉得不好意思。

有些事情要靠努力，有些事情要靠天意，爱情属于后者，所以决定权不在于你。

比如这个。

很显然，故事的开头有点老套。女生在大学里暗恋一位学长。在没有告知对方心意的情况下，做足了戏码，看他打球，看他走路，制造偶遇，打探八卦。

在爱情面前，每一个女生都是福尔摩斯。

小心思没有被揭穿，躲在手机相册里的偷拍照，从秘密变成了回忆。几年下来，对校园的熟悉程度大多取决于男生行动的轨迹。男生提前一年毕业离开后，之前的几个角落，女生一个人也还常去。

小吃店可能换了厨师，不然汤头的口味怎么会变呢？女生是这样想的。

几个月后，大门紧锁，留下的一张"店面出租"，让常客们吃了闭门羹。一个礼拜后，纸条被揭掉，店面重新开业，老板换了个人，面店变成了书吧。女生居然怀念起怪味汤头来。

没有面吃的日子，突然变得很快。

在城市的温度开始升高时，她毕业了，逃到了一个四季宜人的小城里，过起朝九晚五的生活，作息时间和环境气味都不一样了，扔掉旧习也容易些。

在对过去喜好还留存一些蛛丝马迹的第二年，女生买了张机票，选了新疆作为这趟旅行的目的地。

去的几个景点，都是网上口碑不错的，一个礼拜的游览时间不长，对这个地方也只能有大致较为肤浅的认知。

在新疆机场，托运行李、换取登机牌、进行安全检查，离登机还有一小段时间，女生背着小包，去了趟洗手间。

通常，他乡遇故知是件概率很低的事情，更何况是他。

所以女生空白了几秒后，才决定上前确认。时间太短，开场白只能挑重点说。这一次对话，对于女生而言，是叙旧，对于男生而言，是新知。

因为身处异乡，所以这份招呼打得不显唐突，反而多了几分亲切感。登机前，各自留了号码和通讯社交账号，就回了城。

这场久别重逢，让女生在三年后成了他的新娘。

女生把故事告诉了她，她为两人精心策划了这场婚礼，以及一年后孩子的满月酒会。

"就是这张。"她打开婚礼布置现场图，示意我们可以随意阅览。

"感情细腻的人，很适合这份工作。"我看得出，她的设计，情感投入占了上风。

王子如果在感情上畏首畏尾，公主很可能选择骑士。

领悟得越早，失去得就越少。

新故事里的主人公，是一对脾气、性格都非常冲的欢喜冤家。吵起架来说的每一字每一句，都能置对方的自尊于死地。

两人之间不存在讨论，意见不合大多都是场恶战。坚持到最后的胜利方，伤势也最重。疗伤时后悔施力过重，复原后又拉警戒备战。

分开后，世界和平，时间一久，又发现犯贱恋战，也尝试过各自寻找新的对手，又觉得新战役不如以前打得痛快。

开战，息战，循环了三年，最后熄火，和平进入婚姻。

婚礼当天，新郎对新娘说："还记得我们吵得最凶的那一次吗？明明是你的错，但我还是觍着脸给你道歉了。因为那天我在家里，突然就想，如果有一天，别人给你戴戒指，穿婚纱，我真的不能接受。"

新娘哭得凶。

宾客哭得更凶。

能够单纯把婚礼仅看作是对两人爱情见证的，如今真不多，毕竟把婚礼办成一项财权攀比的谈资，是越来越占多数。两个人牵手领个红本的事儿，一旦要拿到台面上来公证，就会变得复杂。

它必须涉及排场和人情世故。翻开通讯录，几年未联系的好友不好意思发帖，已嫁娶的同城好友，当初没赶上给红包的，如今也不好意思发帖，站在对方角度考虑再三，决定小范围朋友圈宴请，隔了段时间后，又收到未邀请老友酸溜溜的责备为何喜事都不分享。

宴请桌数少了，怕朋友多，容不下，桌数多了，怕朋友落座少，空位多了，既浪费，也显尴尬。

婚纱照的筹拍，真是不极度浪费不痛快。豪华游轮几日航拍，去个东南亚国家取景还可能只是过于勉强简单，马马虎虎而已。砸个几万块钱，在婚礼上只落了个幻灯片背景板，这真不是聪明人该有的做法。

如今的婚礼不一定是新人的主场，许久未见的同学会也可能在宴会上抢尽风头。

因为职业的关系，我主持过几场朋友同学的婚礼，在现场遇见了好些多年未见的老同学。如我这个年龄的，同学大多早已结婚，并且成功在隔年后为人父、为人母。当年的少年郎，已是大人模样，姑娘们通通褪去了青涩，多了几分绰约。

一场久别重逢的宴席，大多从寒暄开始。最常见的就是各自先发名片，如初次在课堂见面时的自我介绍，希望能弥补点这些年来失联的空白，而后才能为这场叙旧找到话题口，末了，加微信，便于离席散会后多多关照。

已婚男士聊成就、聊人脉，已婚女士聊保养、聊小孩。

剩下的几个未婚青年、单身女子自动归队，除了以上话题，什么都可以聊。

如果感情上成功续杯，宴会完后还会直奔下一场所继续刚才的话题。

几场下来，男生方有说不完的事业成就论，部分进了机关部门的多了些权，部分创了业，经了商的多了些钱，剩下一部分成为公司小职员，挣扎在柴米油盐和理想前途之间的既没权也没钱。

女生方有聊不完的八卦论，当年那个谁追了隔壁班好几年的男神如今可是娶了我，当年我看不上的谁谁谁，多年后还是这副屌样，当年后排那个丑丑的男生如今整容整成韩国欧巴，真心后悔那时没有先拿下。记得当年的班花吗，好可惜如今连我都比她好看……

这一场久别重逢，在几个小时之后，暂告一段落，待下一场婚礼时重新开启。

那一场叙旧带来的小小见面礼，就是那晚重新记起的一些老同学名字。

记得，本身已算得上是厚礼，毕竟还有些不记得的。

曾经一次，我作为高中同学的伴娘，在婚礼宴会开始之前，陪同新人在门外迎宾。

因为工作地点不在老家，所以早些年的同学都已多年未见。先前已问过新娘受邀的老同学名单，看过之后，我觉着待会儿还是可以顺利导出好几帧老友相见激动不已的画面。

当我满怀期待地和一个小学同桌打招呼，并且为了避免尴尬，早已将自己连名带姓一起给出时，他几度面无表情给了回应："不认识。"

接着转过头寒暄着给新人送祝福。

当下我很尴尬，接着为了弥补这个尴尬又做了一件更尴尬的事情。想着不甘心，就又追问了一遍："怎么会不记得呢？我就是那个谁啊！"

他已不打算理会我的第二遍发问，转身走进宴会厅。

后来，又陆陆续续见了一些老同学，有些一开始就记得我，有些到了宴席的一半才记起我。

当下虽有些失落，但也不会责怪。人这一生，要记的东西太多了，东西分重要和无关紧要，在记忆空间已满的状态下，后者都可被随机删除。

不要怪对方为何把你放置在无关紧要的位子上，毕竟，你也没看重过对方，这很公平。情谊不深，这种遗忘就不伤情、不伤心，顶多算失落而已。

撇开一些小插曲，打从心底而言，我是乐意见证朋友婚礼的人。

多数人不管在一生的什么时候，回忆起这天，都会感到美好与温暖。不论当天奢华与否，誓言庄重与否，多年后牢记的，也只有为你戴上婚戒的这个人而已。

前些年，媒体将一对明星夫妻的婚礼作为新闻全天候报道，在曝光的所有花絮图里，我对喜帖上的一句话很是赞许。

"简约不是少，而是没有多余。足够也不是多，而是刚好你在。"

## 房子是租来的，生活是自己的

租客的心，总要搭上一个流动的家。

都知道外面霓虹闪烁，但心里也明白，家里的白炽灯更温热。

我完全理解现实生活中，每一任房东每一次催租金的语气和表情，为了孩子的学费，生活花费，人情世故，意外事故，嘴里即使骂着"统统见鬼去吧"，双腿还是得没出息地撒开了跑。

在这点上，我发现自己和他们其实很像，于是终结了对他们的抱怨。

租客的日子我过了6年，其间换过3个地方，合租的妹子大多是我的同学，白天各自奋战，夜晚发个牢骚，再心满意足地关灯睡觉，一天也就这么过去了。

第一个出租房，比较特殊，算是补习班的教师宿舍。

凌儿是我的大学同学，毕业后，一样留在了这个城市。她在一家私人补习班当老师。这家补习班是一名退休教师开设的，课室和宿舍租在了一所中档小区里。

补习时间为中午和晚上，大致都是学生的放学点，补习班负责学生的午餐和晚餐，辅导学生的家庭作业。一部分学生由家长在晚上8点领回家，部分学生由于家长工作的关系，全天候寄宿在补习班里。

所有的工作杂而琐碎，精明的老板，算盘打得响，为了减少开支，只聘请了凌儿一名教师，全权辅导学生作业，督促学生吃饭、洗澡、睡觉。

当时自己刚从学校毕业，未找到合适工作，又不想回家，宁愿在这个城市漂着，随时等待机会，凌儿建议我搬过去和她一起住，只要交点住宿费给老板就好。

我觉得可行，隔天带着一些衣物和换洗用品，就住了过去。

"小姑娘，要不要再交点伙食费，和学生们一起吃啊？"数钱的时候，老板心情不错，显然对这笔额外的住宿费还算满意。

我摆摆手，婉拒了。

老板又补了一句："我们煮的饭很好吃的，你问你同学。"

我只好诌了个谎，称工作关系，中午回不来，在外面吃方便。

其实那时候我根本没有找到工作。口袋里的钱，还是向家里拿的，只是并未拿太多，因为觉着面子挂不住。交了住宿费，所剩无几，伙食费少说又得花去好几百，大鱼大肉对于当时的我来说，太奢侈了，我眼下的打算是三餐馒头就够，开支少又可以饱腹。

租客的日子就这么展开了。

我睡上铺，凌儿睡下铺。正巧补习班收留了一名2岁的小男孩，白天送去幼儿园，晚间由凌儿接回补习班的宿舍照顾。

很长的时间，我都没见过男孩的爸妈，听说是工作的原因，在外地奔波着。偶尔回来看孩子一眼，添置些衣物、玩具以及伙食费，临别时用力抱住几秒，然后突然撒手，再头也不回地走掉。任凭孩子哭喊，狠狠心只当听不到，不能回头，也回不了头。

孩子年纪小，为了方便照顾，小男孩、凌儿、我三个人分配在同一个房间。

其他的小朋友睡隔壁房。

这个年龄的孩子，本该枕着妈妈的臂弯，哼着小调哄入睡的，可是他没有，于是，我们两个小姑娘家决定凑些母爱，填补这个空缺。

但很快，我们就发现，精力和体力才是支撑这份"母爱"的主力。

孩子经常半夜哭闹，连哄带骗至少要花上一小时，甚至更多。扮鬼脸，喂零食，讲故事，招数已尽，且还不是每次都奏效。

哭久了，人会心烦意乱，放任不管又狠不下心，见着他流眼泪，又觉着心酸不已。那段时间，黑眼圈以及厚重的眼袋，都很顽固地在脸上挂着不退去。

隔天闹钟早早就响起，凌儿要起床催孩子们梳洗、上学。只有送走了他们，她才能偷得一点闲。

我也得起床了。估摸着补习班的老板该来了，我得做好"去上班"的准备。

简单和她们打过招呼后，我也出门了。

早餐奢侈一点还可以买杯豆浆。可是去哪儿呢？总不至于在大街上溜达吧，于是那段时间就经常跑回学校的教室。

拿着手机查阅招聘信息，顺便买几份报纸解闷。

找工作，我的原则是，可以接受先就业再择业，但是不能偏离专业太远。一切大可不必鲜衣怒马，烈焰繁花，可做事要皆因心生欢喜。

小城市的传媒机构并不多,传统媒体招聘的机会更是少之又少,所以,我打算先去传媒公司碰碰运气。

当时一开始锁定的是一家杂志社。

早上投了份简历,下午居然就收到了通知,让我隔天去面试。这是个好消息,至少那一天,我连馒头都觉着香。

隔天一大早上,挑了件正装,就出门了。

我比约定时间早到了15分钟。

公司的办公房租在一间小区住宅里,人员不多,估摸着3个。其中一个女孩为我倒了杯水,说:"稍等一下,主编在面试别人,待会儿就轮到你了。"

我表示了谢意,拿起桌上的杂志翻阅起来。

这些杂志,都是这家公司出版的,只在福建地区发行,内容大致是介绍闽南的风土人情。趁着几分钟的等待时间,我想着尽可能多做些功课,胜券也会大点儿。

大约过了半小时,前一位应聘者才从办公室走出来,满脸自信写着"我成功了"四个大字,看来这情形对我不利。

整理了一下着装后,我起身,进了办公室。

主编,估摸着40岁的年纪,体型偏胖。他示意我坐下,并做自我介绍。我把之前反复在脑子里默念的台词,一股脑全倒出来,因为不晓得哪句他需要,就索性全给了吧。

主编看了我一眼,饶有兴趣地问:"会喝酒吗?"

我当下空白了几秒,随即在心里数落了一句"喝你妹啊"。但素养不允许我这么快飙脏话,且淡淡地回了一句:"抱歉,我不会。"

"嗯。"语气极为平淡，拿起一份资料简单浏览了一会儿，说道："采编这块不需要了，我们想要一些专门负责商业洽谈的公关，所以你可能要适应喝酒的业务。"

我对不爱的东西，不会留有暧昧的余地，对人、对事都一样。

拒绝了这个岗位，杂志社的工作自然就泡汤了。

从小区出来，去了公园的长椅，坐着歇歇脚。突然想起前几日给一家报纸投了份简历，明天就是指定考试的日子了，但直到今天依旧没有接到任何通知。犹豫再三，觉得应该主动点，就翻出了招聘单位的联系方式。

电话很快接通了。

"喂，你好，这里是×××报社。"客服的语气。

"您好，我想咨询一下，前几天我看到您那边的招聘信息了，也有投了简历，不知道自己有没有进入第一轮的笔试，您可以帮我查一下吗？"随后我报上了名字。

过了一会儿，对方给了答复："对不起，你没有在我们第一轮的笔试名单里。"

这个结果与我这几天的不安预感吻合，是附上的稿件写得太烂，还是寄去的简历不够丰富？总得死个明白。

"您好，您方便告诉我是哪里不符合吗？"

"你不符合我们的招聘要求，我们只要211和985，还有什么问题吗？"

厉兵秣马，未上场，身先亡。

很多冤屈申诉不了，很多历史遗留问题追溯不了。没有精力，也没有意义。偶尔的一张"211"工程直接黄牌下马，还没资格进入考场，就死无葬身之地了。然后继续安慰自己是一支潜力股。

回补习班时，刚好碰到了学生们中午的放学点。我才想起自己回来的时间点不对。

"今天下班这么早啊？"老板看见我了，热情地招呼着。

"哦，呃，对。"我不擅长说谎，有点结巴。

补习班的学生群围了过来，争先汇报今天在课堂上的见闻。左右一句"黄老师"，简单得直戳心窝，让人暖心。

午后，和凌儿帮忙检查完他们的作业后，我才回了屋。

住在补习班的这段时间，靠着晚上和凌儿回味一下大学的日子，白天听听学生聊聊课堂的趣事，情绪不至于太低迷，只是工作方面一直毫无进展。

实在太难受了，就给大学室友芬子打个电话。

刚大学毕业那会儿，省台公共频道有一个外包栏目招聘几名编导。工作地点在福州。芬子和我都报名了，也顺利通过了制片人的面试。真正进入实习期的时候，她继续，而我却放弃了。

没有其他原因，就是突然间想回漳州了。

后来，她这个编导在福州忙得焦头烂额，我这个无业游民在漳州闲得发慌。

回来是错误的吗？夜深人静的时候我也这样问我自己。

这世间的后悔，大多只是嘴上说说而已，同时也是为了给不理想的现状，寻找一个好像本该可以更好的借口，当真时光倒流，还是依旧走原路，脑子里蹦出的那几条路，多年后也只是在脑子里，从没出来过。

听她聊了栏目的同事，提了节目的执行制片，抱怨周末加班，天天赶片。

她在电话那头说："好累啊。"

我在电话这头说："好闲啊。"

然后她说："要不你过来呗。反正这边还缺人，招聘信息还挂网上呢。"

"算了吧，我都放人家鸽子了，谁还理你这回头草啊。"

"真不想？"

"不想，你还是祝我早日找到工作比较实际。"

挂了电话，那晚，依旧没睡好。

凌儿半夜起来哄孩子，我也跟着醒了，想要入睡又困难了些。

一个月后，我离开了补习班。

搬家的理由是，我进入电台的实习期。必须找个近一点的租处。

告别了凌儿，告别了这群孩子，就提着行李离开了。

搬离一次租处，就像告别一段恋情，处着的时候，过分地挑剔和不知足让你遮风挡雨看不见，保暖防寒体会不到，离开了之后，才发现原来外面风雨这么大，气温这么低。

房东将一大套两居室隔成了两间出租屋，我和另一位大学同学云将小间租下，大的那间早有租客。

两人挤一间房不成问题，就是这间小屋连着一个很大的平台，平台和房间仅一个落地玻璃窗，从安全性来考虑，确实令人担忧。

云工作很忙，那些日子，我们虽住同一间房，睡同一张床，可是我和她的交流几乎为零。她深夜归来，我已早早睡下。我早上起床，她还未醒来。想要留话，就会写张字条或是发个短信。

租房在七层，也是最高楼层，老小区，水压不够，一到夏天，水就上不去，一般到后半夜，才能勉强上来一点。

我买了一个大桶蓄水，买了一个小桶提水。

停车场旁边有个水龙头，常年水力足。每晚回宿舍的第一件事，就是拎着水桶跑下楼，装满水，再费力地爬7楼。来回10趟，这水才够用。

长发费水，就有了好几次剪短发的冲动，后来索性直接拎着洗发水，在一楼洗头。

以前因为体质差，怕着凉，几乎不用冷水洗头，可是那段日子，我用冷水整整洗了三个多月。

每晚睡前，必须定好凌晨3点的闹钟，通常在闹铃响第一声的时候，就一定要醒来。

睡眼惺忪跑进浴室，打开水龙头，开始蓄水。在这个过程中，我会趁机扑到床上补眠，也只能是尝试浅眠，因为一旦沉睡，水满就会溢出，弄湿整个房间，清洗又是一项大工程。

尝试着和房东反映过多次，看是否在顶楼装个水泵，房东给了一些理由，总结了一下，大致是不大可能，所以只能克服一下。后来，就索性不提了。

那时，云兼职做了好几份工作，其中一份是房产中介，待有好的房源时，我俩经过商量，一致决定搬走。

搬家那天，没有请搬家公司，没有叫朋友帮忙，两个女生，花了一上午的时间，将大包小包的行李往楼下扛，几趟下来倒也不至于太吃力，毕竟在这之前，已经有了三个月徒手提水，往返7楼的日常。

每次搬家我都会扔掉一些旧物，出租屋实在没有空间让你念旧。东西不多，也就放大了冷清。

第三个租处是某教师职工的宿舍区，我在这里的两年内，陆续送走了三个室友，也包括云。

两位回了老家闪婚，一位购置了单身公寓，提前结束了租客生活。

隔壁房间空了又空，整套公寓显得冷清。

晚间下了直播回来，依次完成一套惯性动作，反锁铁门，开启所有房间的照明，打开收音机，才算踏实，我实在需要些人声，哪怕只是一段广告说辞。

这里我待了四年多，楼上楼下的住户已大多熟了面孔，虽说没有过一段完整的闲话家常时间，但是礼貌问候，适度寒暄也都每天保持着。

在等待下一任室友到来的独居日子里，它确实给予了我性格中较为独立的一面，也为我适时翻新一些价值观腾出了思考的空间。

也曾发过严重的高烧，因为独居而无人知晓，昏睡了一整天。也曾半夜被楼道的吵架声惊醒，碎酒瓶子的大声响过于扰耳，久久不能入眠。

房子是租来的，生活是自己的，我不能否认，这些年，它让我有归属感。

我在独居了半年后，也迎来新室友滨。对于这份迟到了几个月之久的合租关系，我十分满意，因为除了租费，生活开销得以被分担外，她还是我的高中同桌，于是少去了租客之间的情感磨合期。

滨是学霸，我高中数学能够开窍，有一半功劳源于她。因为读研的关系，步入职场的时间比我晚了三年，这才有了我无心在同学群里喊了声："招租室友"，居然有了她秒回的："给我。"

这些年，我们都目睹过彼此情绪最崩溃的时候，不是刻意渲染租客漂泊的心有多被凄苦担待，就如李剑青《匆匆》里提到的："不敢想过得舒服，也愿意吃苦，只是好多感慨、感触、感悟，会把人搞迷糊。"

房东就住在三楼，每月的水电费准时上门收取，倘若碰巧不在家，会将票据收据塞进门缝，但房东对我们归家的时间点还是心里有数的，所以扑空的概率很低。

除了仅有的一次刚敷上面膜，门铃就不适时响起，我在"揭掉面膜去开门"与"假装不在家"之间，纠结了很久，最终抱歉选择后者。虽面膜不能浪费，也在事后补齐了水费。

房东和租客，常常会在一些琐事里博弈，哪怕只是一次抬高房租的提议都要引来一场据理力争。

生活总能把人逼出市井的一面。

四年后，我结束了租客生活，搬离时，并不觉得如释重负，反而不舍的情感居多。

"也租了好多年喽,你这一走,还挺想念的。"

我在离开的那天,房东这么顺嘴说了一句,不管有意无意,我都留在了心里。

## 虽然微弱，可是有光

连续接了三个电话，都是快递。

旁边的朋友终于发话了："对自己下手这么狠。"

"不是给我的，是给孩子的。"

"这么有爱心？"朋友挑趣。

"可能这些让我心安。"我笑。

对于"与善仁"，我尽力而为，而它也着实让我感到愉悦。

当下拆了几个包裹，取出几件小姑娘的衣裙，在确认了款式和材质后，我把这些折叠好，找了一个干净的袋子装起来。

先前知道我想给孩子捎去点东西，一位同事姐姐二话不说，转了一些钱到我账上，说："一点心意，妹妹，帮我也给孩子买点东西吧。"

于是这份心意又厚重了许多。

隔天叫了快递，认真填好地址：云南省丽江市泸沽湖小洛河村×号，收件人写的是宾玛。包裹里附上一封信和一张字条，字条是给宾玛大哥的，请他帮我把这些衣裙转交给孩子。信是给孩子的。

早前 6 月份去了一趟泸沽湖。这是我从事广播以来，离开话筒最久的一次假期。兜里揣着和几个朋友一起凑来的助学基金，办理好年假手续，就上路。

手头的助学基金，一开始并不是专门为这次泸沽湖之行而募集的。

2013 年，我的朋友枫子去了泰国清莱的一所华文学校支教，一段时间下来，对当地孩子的生活，以及华文教育都有一定的了解，并且得空就在微博里记录孩子的点滴，那些日子的文字，时常被我找出来反复翻阅，并感动于学校的孩子对中华文化的深爱，以及那位每天都要唱一遍《我的中国心》的校长。

后来，她的支教期满，回了国，又开始了打工旅行的日子，我的生活坐标基本不变，只是每天忙忙碌碌，抽空找了个时间，两人终于碰上面，才详细聊到了当地华人的教育现状。

考虑到部分泰国华文学校的学生在学费和生活费支出方面困难较大，于是枫子带头，和我，以及几个朋友自发组建了一个爱心助学基金，每个月向泰北部分学生送去一些以解燃眉之急。

持续一年多后，泰北校长觉得这块助学项目可以缓一缓，我们才暂时搁置。

知道这次我要前往泸沽湖，枫子就在一个礼拜前和我联系了："要不，你把基金里剩余的款项带过去给泸沽湖的孩子们买些文具用品吧。"

我觉得可行。

于是，这一趟旅程，由我代表这"几位朋友"前往。

文具用品是我在丽江的小镇上采购的。当时光图着种类多一些，数量多一点，竟完全忽略了携带上是否方便。加上自身的行李箱，一趟下来，已是够呛。

在泸沽湖预订的客栈是宾玛大哥家的，他给了从丽江到小洛河村的商务车联系方式，轻松替我解决了这趟行程中交通的不便。

泸沽湖位于四川省盐源县与云南省宁蒗县交界处，因为特殊的地势地貌关系，路况差，路途远，崎岖不平，泥泞不堪，如果碰上雨季，还容易出现塌方。

盘山路是特别考验体力的，九曲回肠，山路十八弯，晕车的人往往因为受不了这样的折磨而选择舍弃泸沽湖的美景。

从丽江古城到泸沽湖景区，车程是11个小时左右，光是绕山路就占去了10个小时。

我怕体力不支，上车前服了一颗晕车药。接着塞上耳机，听音乐，任由11个小时随性地"旋转跳跃我闭着眼"。

商务车里一般会凑齐8个同行的旅者，每人100元拼车费。

我把背包里最后一颗晕车药给了同车邻座的佳佳，她就着矿泉水吞下后，也进入睡眠状态。

前排座位上是两个打扮十分讲究的中年女子，彼此之间完美的聊天状态，实力演示了精力充沛与否，确实和年龄无关。后座是三个年轻人，其中两人是姐弟，另一人是独行客。颠簸的山路，难熬的晕眩，让人统统失去了寒暄的欲望，五人俨然凑成一部默片的光景。

中途停车，师傅喊了一声："各位，下车休息一会儿再走。"

大家几乎是同一时间清醒，秒速拉开车门，冲到山路边大口吸气。凉风冲走了一点倦意后，大家才恢复了交流的欲望。

独行客刚刚大学毕业，这次来云南纯粹为了寻找大冰小屋。

随身带着大冰的书籍，兴奋地告诉我们这些天，他在小屋里结交的那帮朋友，表情既然是满足的，就代表这趟毕业之旅达成初衷。

泸沽湖之行，算是对他自己的额外奖赏，只是没想到山路这么难走，最后他连连摇头："颠得太难受了，太难受了。"

那对姐弟是四川人，弟弟已在上海工作多年，姐姐心心念念想有一趟云南之行，他放心不下，于是跟着前往。弟弟看着年轻，烟瘾却不小。单是山路边的短暂休憩，就猛吸了两根。我虽不喜欢男生抽烟，但介于他在抽烟时，下意识地刻意与队伍保持了较远的距离，我倒也少了些不悦的情绪。

中年女子开口问了师傅还有多久能到？

师傅喝了一口水，慢悠悠地说："还有6个小时哦。"

瞬间，大家齐刷刷蔫儿了。

不远处也有一车子停靠路边休憩，三位中年男子在边上聊天，看样子也是旅者。

不一会儿，两个当地装束的中年妇女靠近了他们，双手比画着，应该说了点什么，因为距离远，我无法知晓，后来三位中年男子朝她们摇头摆手，似乎在拒绝一些对方所提的要求，随后，两人便黯然离开，朝我们走来。

距离缩短后，我才仔细留意到她们的模样。估摸着40岁左右的年纪，肤色较黑，两人左手都提了个袋子，面带微笑，慢慢走了过来。

车上同行的几个伙伴才注意到有陌生人靠近。

其中一位先开了口："你好，要来点李子吗？"

我张了张嘴，刚想给予回应，同车的几名女子已抢了先："不用了，不用了，我们有水果的。"说完，扯开随身携带的塑料袋一小缝，露出几颗苹果，在她们面前晃了一下，以示该回答的真实性。

对方露出些失落的神情，转而继续将目光移到我身上，摊开袋子里的李子，挪到我面前，说："妹妹，买点吧，这个李子真的很甜的。"

见我略显犹豫，就又迅速补了些恳切的话："家里的娃要上学，要交学费，麻烦了，买一点吧，谢谢了。"

后面的这些话突然让我觉得酸楚，也确实攻下了我心里的某道防线，我可以拒绝一个胡搅蛮缠的推销员，但我无法狠心拒绝一个母亲的请求，哪怕她只是诌了个谎，我也不忍揭穿。

"这些李子怎么卖？"我决定促成这笔消费。

她显然有点意外，一脸笑容地回应了这份惊喜："5块，5块钱一袋。妹妹，这个真的好甜的。"

我掏出5块钱，接过她递来的一小袋李子，说了声："谢谢。"

两人朝我真诚点头，嘴里不停念叨："好人一生平安，好人一生平安啊。"这份感恩让我有些慌乱，举手之劳罢了，被如此抬高成为一项善举，着实让我受之有愧。

一番言谢后，两人才慢慢离开，而后在不远的路边停了下来，继续守候下一份希望降临。

师傅扔了烟头，用脚将火星子碾灭，喊了声："走喽，上车吧。"

大家迈进车内，关上门，继续接下来 6 个小时的颠簸。我塞上耳机，闭目躲进音乐里。摇摇晃晃睡了一路，下午 13 点左右，才到达宾玛的客栈。

客栈就在湖边，景致甚美。泸沽湖岸边聚了很多人，相当热闹，客栈的工作人员说："今天是端午，村子里有斗酒会，你们可以去参加啊。"

看来赶上了当地的民俗活动，这确实吸引人，同车的伙伴们也表示该去热闹热闹。我问佳佳："你去吗？"

"去的。"佳佳点头。

"好。那我放好行李就去。"转头问了工作人员："宾玛大哥也在那儿吗？我有事找他。"

"有，酒会就是他办的，这会儿估计得喝凶了。"接着从抽屉里拿出了房间的钥匙递给我："3 楼，走廊尽头最后一间。"

"好的，谢谢。"紧接着办理了入住手续，就拖着行李进房间。简单洗漱一番，烧了壶开水，拿出行李箱里的一盒方便面，兑着开水冲泡，香味开始溢出。

走到阳台，看着泸沽湖和远山，解决了这顿简易的午餐。

半个小时后，我终于在泸沽湖边找到了宾玛。身型魁梧，肤色黝黑，戴着一顶西部牛仔帽，豪爽饮酒，着实硬汉。

他是小洛河村的村长，在他手下筹建的有 26 所希望小学，许多外地的志愿者都会通过他与山里的孩子们联系，除了偶尔远行来到村子看望孩子们外,还会不定期从全国各地寄来学习用品和衣物。

宾玛和他的弟弟共同经营的这家客栈成为了客人远道而来的栖息之所。

"您好,宾玛大哥,很冒昧地打扰了,我就是先前和您联系的电台小南,从福建漳州过来。"这是我们第一次见面,虽然之前有通过微信,简单表达了这次来的目的和行程日期。

"辛苦了,辛苦了,大老远赶过来,不容易。"他站起来,拍拍裤子上的灰尘,说:"这几天可以到处走走,泸沽湖很美的。"

"这里确实让人心旷神怡。"我看了一下湖边热闹的村民,问宾玛:"这是咱们村子在端午节这天的习俗吗?"

"你是说斗酒吗?"宾玛笑了,解释道:"不是的。是我自己图个节日气氛,买了些奖品给大家闹着玩的,如果喜欢,年年办也是没问题。"

"您很用心。"我看了一下时间,已经是下午15点多了,便试探性地问了宾玛:"您待会儿要午睡吗?"

"午睡?没有的。"他摆摆手,表示向来没有这个习惯。

我接着说:"不知道您下午什么时候方便,能带我见见孩子们,刚好也带了学习用品要给他们,现在暂时放在客栈里。"

"下午17点。我处理完一些事情,就接你过去。学校那边改天再去,端午节,孩子们都放假回家了。我们今天先去其中一个学生的家里走访,可以吗?"宾玛说。

"可以的。麻烦您了,感谢。"我很开心,待会儿终于可以见到学生了。

约好下午碰面的时间和地点，宾玛就先离开了，我没回客栈，在泸沽湖边转悠了起来。走了几步看到同车的那对姐弟俩，在不远处的湖边拍照，就走过去打了招呼。佳佳拿着手机，对着岸边的花草石头，认真拍摄起来。

"你们下午打算租船游湖吗？"弟弟问我。

"要不要和我们一起，这样大家价格也比较划算。"姐姐希望我们两个加入。

我略带抱歉地婉拒了。下午要家访，时间调配上我不敢擅自做主，怕安排不合理，两个活动起冲突，不好。

"没关系，你的事比较重要。"姐弟俩对我表示理解，接着自行商量起他们的游湖计划来。

我找了一条停靠岸边的小船坐下，单是望着湖边放空，就是一种享受。远离尘嚣和世故的烦琐，一切简单纯粹到极致。

我想，这个地方会是一些浪子的最好归途，也会是一些凡尘俗子的避世所。

半个小时后，姐弟俩坐上船，游湖去了。我在客栈附近的湖边走着，不敢离得太远，怕耽误下午出发前去家访的时间。

远处的佳佳突然喊了一声："看。"我抬头顺着她手指的方向望去，远山居然挂上了一道彩虹，拥有完美的弧度，清晰的色相，简直美极了，忍不住拿起手机拍了下来。

彩虹引起了湖边游客一阵骚动，许多摄影师拿着器材，匆忙赶来湖边，大家都不想错过这幅难得的光景。

下午 17 点，坐上宾玛的车，出发了。

"今天要去的这家离客栈比较近，是个小姑娘，今年 8 岁，家里还是很困难的。"宾玛开车，语气里透着对孩子的疼惜。

"再困难，也不能耽误孩子上学读书。"我坐在副驾驶上，转头问宾玛："这里的孩子家里都这么贫困吗？"

"差不多吧。山里条件不好，每个家庭负担很重。"宾玛单手打着方向盘，另一手拿着瓶子喝了一口水。

"一般家里都是靠什么收入？"

"大部分靠旅游业为生，像我们开客栈，有些开小吃店，但山里那些基本就零收入，家里头干些农活，饱三餐而已。"

我在心里犯嘀咕，泸沽湖景区每天的游客接待量并不少，按照每人 100 元的票价收取，村民的生活条件不至于如此清苦，沿线山路不至于连一盏路灯都没有，甚至还有部分村落至今未能通上电。

这些嘀咕始终没有问出口，我晓得当中的难言之隐，于是换了个问题："小姑娘叫什么名字？"

"侯林阳。她爸爸不能说话，智力这块达不到正常人水平，她妈妈也有点憨，农活都是她在揽，挺不容易的。"宾玛叹了口气，说："好在孩子很聪明，学习还不错。"

车子拐了几十个弯，盘山路并不好走，前后行驶了 40 分钟后，才到达目的地。

我们拿上文具下了车，进了四方庭院。左手边和前方各有一间平房，右手边隔了几个槽间，圈养了几只小猪、一只鸭、一只鸡，还有一只猫，院内满是杂乱的草堆、土块，脏乱中透出一股霉味。

小姑娘站在左手边的平房门口，看见我们来了，显得特别开心。宾玛走过去，将文具用品递给她，说："这位姐姐给你的。姐姐来看你了。"

我主动上前和她打招呼："林阳，你好。"

孩子的五官很清秀，两条辫子稍显凌乱，身上的衣裤虽沾了些土，但精气神儿却十足。双手接过文具后，她很有礼貌地看向我，连声说道："谢谢姐姐。"

孩子的母亲听到声音，从房间走了出来，见着陌生人，尽管略带害羞说不上几句话，却是从头到尾给了我们满满质朴的笑。

"阿姨，您好，我从福建漳州来的，今天来看看阳阳。"我转头向孩子的妈妈问好。

孩子妈妈一直堆着笑，淳朴地连声回应："谢谢你，谢谢你。"

"这次期考考得怎么样了？"宾玛问林阳。

"数学没考好。"孩子有点不好意思，朝着我们笑了一下。

"没事，下次再努力，就能考好。"我摸摸她的头，在她面前蹲下。

她用力点头。

"这只小猫是你养的吗？"我指了指庭院内上蹿下跳的猫咪，也许这个话题会让我们快些打破陌生感。

"对。"孩子说完，转身跑开，把猫咪抱了过来，打算让我们仔细瞧个够。

宾玛从口袋掏出了几张一百块，给了孩子妈妈。她后退了几步，推搡着，没收下。

"拿着，给孩子买点东西，学费总要交的。"宾玛把钱塞到了她手中。

在小洛河村，宾玛的言行分量足，加上这几年村长和公益人的双重身份，村民对这个大家长向来十分敬重。

孩子的父亲从房间走了出来，乐呵呵地看着我们。我起身向他点头微笑，以示问候。见他从身旁经过，走向槽间，拿了些饲料喂养小猪后，我才转身和林阳又说上了话："家里有种什么吗？"

"有，种了玉米和土豆，两个我都很喜欢。"

"那你有帮妈妈打理它们吗？"

孩子点了点头，说："我放学后就会帮她。"

我轻抚了一下她的手，问："学校远吗？"

"远。要走两个多小时的山路。"

"早上你都几点出发？"

"6点多，因为8点40分上课，下午4点多放学。"

"中午在学校里吃吗？"

"嗯，学校有食堂。"

"那你喜欢在学校吃饭吗？"

"喜欢。"她笑了一下，说："我喜欢学校的咸饭。"

孩子瘦小，三餐几乎只是饱腹，并无太多营养可汲取，谈及咸饭，已是满足，令人尤为心疼。

"一学期要交多少钱？"我问。

"学费加食堂费，总共三百块。"

这个数字也许不及城里友人聚餐娱乐消费的一半，甚至抵不上卖场里过季清仓时的打折促销价，但它却几乎每年都成为山里几十个家庭中最棘手的费用开销。

"你喜欢哪门课？"我决定避开这个沉重的数字，换了个话题。

"体育。"林阳显得兴奋。

"为什么？"我有些好奇。

"因为我喜欢跳绳，体育课我会和同学跳。我经常和杨撒达之玛一起跳。她比我跳得好。"

"杨撒达之玛是你的朋友吗？"

"嗯，是我最好的朋友，我们一起上学放学。"

孩子的童年大多拥有这样一个玩伴，可以毫无芥蒂，如胶似漆，也可以拌嘴开打，几天赌气不说话，可哪天不管是谁受了外人欺负，又会拧成一股绳，一致抗外。孩子气也讲义气。

"我带你去看我的房间。"我很意外，这是她主动提出让我近距离接触她的生活环境，或许她开始把我当熟人了。

前方平房就是她的卧室。床铺凌乱散了些衣服和被子，上头粘了些黑土和灰尘，在光线昏暗的房间里，显得格外清冷和破旧。

床头贴着一张林阳的大头贴，笑容很甜，与脏乱的床铺相比，照片干净许多，没有一丝污垢沾染，擦拭得很用心。看得出，她很珍爱这张照片。

"你在这里写作业吗？"我指着床边的一张破旧小桌子，问她。
"是。"
"这里光线很糟糕，你看书的时候眼睛难受吗？"房间昏暗，唯一的光源只能从窗外透进来，煤油灯的亮度更是不足以支撑起一个勉强的阅读环境。

她朝我点头："有时会疼，我就到院子去。"

我蹲下来，手抚她的肩膀，兴许带着一点点长辈的口吻告诉她："一定要好好学习。"也许这是她唯一走出大山的路径，她必须单枪匹马克服一切闯出去，而我除了喊些无关痛痒的口号，无能为力。

我没有告诉她我的工作，但我对她未来的职业规划感兴趣。
"你长大想干吗？"
"我想当医生。"她几乎是脱口而出。
"为什么呢？"
"因为我想治疗更多的病人。"她用很认真的口吻回答我。

和她重新回到庭院，宾玛示意我们时候不早了，该启程返回了。

和她们道别时，林阳的父亲抱着一只鸡，走到了我们面前，因为说不出话，只能对着宾玛比画着，他想把这只鸡送给我们。

"你留着给林阳，知道吗？快抱回去。"宾玛在他面前比画着，并让林阳的母亲赶紧帮一把，把鸡放回笼子里去。

出了庭院，上车时，林阳突然转身跑进房间，不一会儿又冲了出来，手里多了一根跳绳。

"我跳给你们看。"她对着车里的我们喊，接着很快就在原地跳了起来。

我将头探出车窗外，竖起大拇指，告诉她很棒。

车子启动后往前开，林阳追着车子小跑了一段才停下来，与她挥手告别后，我才慢慢将情绪收进车里。

"孩子还是很开朗的。"宾玛开着车，看了一眼后视镜里逐渐远去的林阳。

"嗯。希望她能一直坚持下去。"

我转头看向窗外，不再说话。整个泸沽湖静谧地躺在夕阳里，湛蓝的湖水沾了点金黄，与来时看到的景致略有不同。这里昼短夜长，天色暗得慢，通常到了晚上21点，日光才会完全退去，早上5点多不到，天就已大亮。

车子行驶了半个多小时，我突然想起包里的晕车药已经用完了，初来乍到，不知道该去哪里找寻药店，不如问问宾玛。

"药店啊？哎呀，我们这边没有药店的。"

"啊？"我有点儿意外，看着宾玛，还是觉得不可思议："那大家生病了都不吃药吗？"

"我们村子有一家卫生所，生病拿药都在那儿。待会儿我带你过去。"

"好的，谢谢大哥。"

村里的卫生所并不大，拐了几条小路才能看到，宾玛把车子停好后，就带着我进去了，正好迎面来了一个十五六岁模样的小青年。宾玛问他："你爸爸呢？"

"他出去了，还没回来。"小青年对着宾玛笑。

"这样啊，那咱们有没有晕车药？"

"没有。"小青年回答。

宾玛转身看向我，我立马回了他一个微笑："没事没事，那个不重要。"

宾玛觉得很抱歉，说："不好意思，我们这边医疗条件有限，很多药不一定有。"

"没事的，真的没有关系。"

那一瞬间，我突然明白林阳为什么想当医生了。小姑娘的心中有盏灯，每一步都敞亮着。

回到客栈后，宾玛邀请我和佳佳去他家里吃晚饭，我们两个馋猫毫不犹豫地答应了。

从客栈到宾玛家，要走过几条山坡路，经过一片小空地，路途不远，也就15分钟左右，但路却是不好走的，必须时刻注意脚下的石子，以防崴脚或打滑，恰好那段时间我的脚伤还没有完全恢复，行走时就会吃力些。

"到了，那个就是。"宾玛在我们前方领路，指着不远处的房子说道。

我和佳佳加快脚步，不敢拖沓太多时间。

进了大门,首先迎接我们的是宾玛大哥家的祖母和一位年纪尚轻的女子,女子抱着婴儿,对我们笑着说:"进来,快进来。"

"谢谢您。十分打扰。"才一天不到,摩梭族人的热情,就已暖进我这个异地人的心,含着笑意回礼后,我们被领进了客厅。

餐桌上已经摆好了十几盘佳肴,多是荤菜。虽说今天是端午节,但是摩梭族人没有吃粽子的习惯。桌上一盘类似包子的白色面食,就顶替了粽子,作为这个节日的招牌象征。

几位和宾玛年纪一般大的男子招呼我们坐下用餐,一番交流之后,才知他们都是宾玛的兄弟。

摩梭族人的婚姻和家庭形态多样,与我们极为不同。单是婚姻,就有走婚、同居、娶嫁、入赘等多种形态,为此,摩梭人的家庭形态也渐渐划分为三种,即母系氏族大家庭、母系父系并存家庭和父系家庭。

其中,以走婚促成的母系家庭为主,比重能够达到56%,母系父系并存的家庭约占36%,纯父系家庭不足10%。

宾玛就处于母系氏族家庭里,家中的这位祖母,拥有最高声望和地位,操持着整个家族的日常生活和大小事务。

在每个摩梭族人的家庭里,女儿比儿子更受宠爱,因为她们中的任何一个都有可能成为这个家族里的下一位祖母。

由于宾玛家中只有八个兄弟,并无姐妹,因此,他们中的一个兄弟,必须为这个家族入赘一名"媳妇"。先前进门时迎接我们的那位女子,便是。

她与祖母共同打理家中所有事宜，虽烦琐劳累，却从来不作埋怨，十分受敬重。家里的兄弟走婚居多，宾玛就是其中之一。

走婚对于摩梭族的成年男子而言，大多是一种传宗接代的途径。日暮而聚，晨晓而归，暮来晨去，事后并无过多牵扯。男女结合，独靠爱情维系，不存在这堵一纸婚约的围墙。

情谊落地生根也好，随风而散也罢，能相扶到老，也能各自安好。

"多吃点，别客气。"宾玛为我们倒了杯茶，招呼我们食用。

"就当自己家啊，我们这边的东西，不知道你们吃不吃的惯？"其中一个兄弟乐呵呵地说道，并把一些菜往我们方向又挪近了一点，以方便我们夹菜。

"非常可口，好多菜很有特色，来这边给你们添麻烦了。"我对这般款待已深感荣幸，何况菜肴口味多数重咸，刚好也迎合了我的喜好。

"你们那儿的土楼很漂亮啊，什么时候有机会能去走走看看。"其中一个兄弟和我们聊起了旅行。

"嗯，嗯，南靖的土楼和华安的土楼，您都可以来看看。最好住上几晚，感受一下当地的风土人情，很不错的。我们随时欢迎大家来玩儿。"

"交通便利了，真好，都可以相互走动了。"另一个兄弟也加入我们的对话，"去年我们泸沽湖这边的机场建了，你们来也会方便一些。"

这时，祖母又端了两盘肉过来，整个桌面已是满满当当的菜了。

我在旁边不停地说:"谢谢,您辛苦了,太丰盛了。"

大家对祖母表示感恩后,继续吃菜饮茶,聊天的热乎劲儿一直维持着。我和佳佳在旁边饶有兴趣地听着,虽然没插上话,却也享受这样的氛围。

"说实话,今天下午有点意外,你别看林阳的父亲傻乎乎的,居然还会想到要把鸡给我们作为感谢。"宾玛从他们兄弟几个的话题中抽离出来,转头对我说道。

"我也是,被他的淳朴感动了。那应该是家里为数不多的牲畜了。"我们都看得出来,槽间圈养的鸡和鸭,是为了下蛋而并非宰杀食用。他选择将鸡赠予,那便是他最厚重的礼物了。

"两个人是各自家族的大家长撮合的,虽然智力有碍,但结合后,彼此之间也能有个照应。还好孩子聪明,没随着两人。"宾玛说。

"我喜欢这孩子。过段时间,我寄些新的衣物过来给她,麻烦您到时候帮我转交。"这里的孩子衣裤大多是别人赠予的旧物,数量不多,倒也够用。可我特别想给小姑娘几件崭新的衣裳,我晓得那模样一定很美。

"好,我代林阳谢谢你了。"宾玛将杯里的茶一饮而尽,说:"晚上村里有篝火晚会,我弟弟会主持这个活动,你们跟着他去吧。玩一玩。"

我和佳佳兴奋点头,迫不及待想要热闹一番。

篝火晚会 20 点举行,我们在 19 点半就跟着宾玛弟弟出了门。其他兄弟也在双手合十感恩祖母的晚饭之后,各自忙活去了。

天色还亮堂，山路上的村民和游客三五成群，估计也是前往篝火晚会的活动地。

篝火晚会是摩梭族人很重要的联谊会。男子、女子都在舞蹈歌曲里，寻找心仪的对象。倘若男子遇见了自己爱慕的女子，就会邀其共舞。

多数表白并不通过言语，如有意，男子就会用手指抠抠女子手心，女子倘若有意，就会将自己花楼的地点告知男子。

我们到达时，已经有许多游客及村民在篝火晚会的现场忙活了。宾玛的弟弟是今晚的主持人，一进场地，他便与工作人员协调音响设备去了。我和佳佳找了个空位坐下，等待这一场联谊会的甜蜜开演。

天色还未暗，篝火也刚点燃，但现场的热情已逐渐高涨。坐在佳佳旁边的一个女生，拿着相机拍得入神。我张望了一下四周，发现在场的游客数量居多，6月，也算是泸沽湖的旅游旺季了。

尤其是端午节前后，这里的木底箐都会开满紫色小花，甚是浪漫。借着节气，村民们都把它称为"端午花"。木底箐隶属丽江市宁蒗彝族自治县永宁乡，村子距离泸沽湖核心景区大约有30公里的路程。

小村庄有30多户人家，村民都是普米族，以农耕牧业为主，能歌善舞，一有节日，全村人就聚在一起"对歌"，浓情惬意。

视线绕了一圈回来，发现佳佳已经和她身边的女生聊得十分热乎了。刚想加入她们的话题，就看到宾玛的弟弟拿着麦克风，走到篝火旁了。

晚会在他的热场词中正式开始。

原本做好观摩计划的我俩，突然被工作人员拉到了篝火旁，刚打上退堂鼓，就发现周遭的游客也紧随我俩被推了上来，村民们示意我们加入他们的舞蹈队伍。

我和佳佳相望着，略显紧张，却说不上话。正在犹豫时，大家竟已不知不觉被簇拥着形成一个大圈，向前跑跳着。兴许是触及了情绪燃点，居然也没了最初的拘谨和胆怯，一股脑儿跟着迈开脚步，随着人潮前进摇摆。

对歌时，我们被随机分成了两组，宾玛弟弟是我们组的领唱。

"你会唱这边的民歌吗？"佳佳转头问我。

我摇摇头，略表无奈，"不过，刘三姐的曲调倒是会一点。"

"这里是云南，又不是广西。"佳佳转身又想问问排在她左侧的女生时，突然听到从宾玛弟弟口中蹦出的几个歌名，居然都是当下华语流行曲。

佳佳一脸得意地对我说："这下我可放心了，你是中华小曲库啊，完全没什么好怕的。"

可我倒觉得玄，听过和会唱是两码事儿，这完全成为不了一枚保险的筹码。

待宾玛弟弟说了游戏规则，仔细听完倒也觉得并非难事，只需在每句歌词前加一特殊唱段即可，两组的唱段自然是不同，我们组需在歌曲前加"呀嗦呀嗦呀呀嗦"。

几轮下来，因为都是合唱，滥竽充数倒也能蒙混过关。篝火晚会整整持续了一个半小时，而后，喧闹的场地随人潮散去而逐渐安静，我和佳佳略有不舍地将高涨的情绪收回，结伴回客栈。

山路没有灯，尽管山脚下依稀有人家，可家中的灯火远不足以照亮小道，两个人几乎完全被黑暗淹没。

"真吓人。"佳佳紧了紧挽着我胳膊的手。

"是够黑的。不过这边民风淳朴，应该是不会有打砸抢劫的。"说这话，就当也是给我自己压惊吧。

接着打开手机的照明，加快步伐往前走。

快到客栈时，我无意间抬眼看了下星空。

"真美，好多星星啊。"我几乎是脱口而出。

佳佳也仰起头看天："嗯，好广袤的感觉。"

我提议："时候还早，到船上坐会儿吧。"

通常不管白天黑夜，泸沽湖岸边总有几条小船停靠，我们刚在船里头坐下，一波湖水便恰好打在船沿边上，溅起一点水花后，即刻化为一朵涟漪，缓缓晕开。客栈隔壁的酒吧陆续传出些曲子，仔细一听，居然是《夜空中最亮的星》。

"这么应景。"佳佳双手撑着船板，任凭湖面的微风轻拂脸颊。

后来，我们默契着彼此不说话，就着星空和湖水声，待酒吧歌手换了首歌时，忍不住拿出手机，又单曲循环了它一整晚。

不久前，曾经看过一段它的现场版视频，某个音乐节上，众多台下观者跟着主唱，热泪盈眶地嘶吼着，全身细胞随着副歌不断膨胀，一字一句咬得倔强，不认输。有人落泪了，有人拥抱着，唱着不死，唱着永不止歇，心会越发透明，泪以后还要流，人总要时时沸腾着，才知道依然活着。在我找不到存在的意义时，夜空中最亮的星，还能指引我前进，让我越过谎言，坦荡拥抱你。

几天后，在回程12个小时的商务车上，没有了晕车药，我只能靠音乐来缓解身体的不适。这段旋律就这么一直在播放器里待着，居然也让我魔力般地扛住了晕眩和胃部的恶心感。

车途中，不断有同车的旅者要求司机靠边停，以便下车呕吐，几个小时的盘山路将大家的精力彻底打散，尽管司机很用心地换了条沿途风景更精致的路线，也没能提起她们的任何兴致。

于是，司机大哥自己唱起了山歌。

摩梭族人的歌喉向来洪亮，对旋律节奏的把控度更是高，几曲下来，司机的话匣子也开了。

"你和宾玛认识啊？"司机师傅突然侧过头问我。

"算是认识吧。"我有点意外。

"他昨晚打电话给我，说有朋友要回去，叮嘱我一定要好好招待。"说完停顿一小会儿，笑了："我以为是他的兄弟朋友之类的，没想到居然是小姑娘哦。"

我有点不好意思。

"你来这边旅游吗？"师傅咽下了一口茶水后，问我。

"嗯，嗯，我主要来这儿看看学校的孩子，给他们送一些文具。"说完又补充道："也算是一次旅行了。"

"那是做好事啊！"师傅居然把头整个儿转了过来，看着我："小姑娘，你人真好啊。"

我摆摆手，解释道："小事而已，心有余力不足。"当下说完，我在心里捏了把汗，想着师傅您开的山路可不只十八弯，得集中注意力看前方呀。于是又小心提醒了一下："师傅，您注意安全哈。"

"没事，这条路我天天走，闭着眼都清楚着呢。"接着又乐呵地问道："小妹，你是做什么的？"

"电台，就您车载收音机里那声儿，就是我们传出来的。"

"有出息，有出息。"说完看了一眼窗外，又接着道："好姑娘，真善良，老天会保佑你找到个好夫婿的。"

我连声道："谢谢，谢谢您的祝福。"

"小姑娘啊，我们的民族是有信仰的，所以我们说的每一句祝福，都是很神圣的，你为我们做好事，我们一定要感恩的。"

那一刻，我尤为感动。

我听出了他认真的口吻，犹如那句祝福，庄重不可亵渎。

第四章  知道这是规律，所以别太在意

## 打架伤身，辱骂伤神

2013年，对于我来说，还是一个处在对什么热门事件都喜欢转发点评的一年，成天听歌泡微博，关注社会新闻或八卦事件，虽然骨子里还仅存点热血，但言语已失去犀利，所以大多时候持中立态度。2009年开了微博，逛了这么些年，也算是资深微博控，怎么也想不到会有那么一个矫情的夜晚，通宵删光了所有微博，直至2014年2月份才恢复更新。此后，也大多只是发布些生活日常，无他。

惹火的事件是2013年转发点评了一个新闻热点，当时这个热点把某个行业的人员推到了舆论风口，风力挺足，刮了大半个月都不消停，甚至有一票媒体人发表长篇大论来严肃分析了当下事故的可疑点和争辩点，我在这股风口也使出了些力。没想到，这些力在隔了短短几分钟后，就全数反作用在我身上。

一大批与我观点持相反态度的网民，挤到我的微博里开骂，分分钟炸开了一片战场。评论区、私信区都是肮脏、污秽的言语。观点上的交锋，我可以应战，可是人身攻击这事，让我回骂，性格使然，根本做不到。从小到大，我几乎没有和朋友吵过一次架，更何况是一群叫不出名字的路人。

我把那些难听的留言，在眼睛里过了一遍，第一个夜晚，不太在意地睡了。隔天打开微博，劈头盖脸又收到了一百多条留言，辱骂、诅咒加威胁，甚至收到了些许对于女生来说已经是极为恶心的图片。

我反复斟酌那条惹火烧身的评论，再次确定并无恶意，表达很委婉，虽然舆论偏向事件的一方，可是也丝毫无中伤另一方的意思，为何采用如此极端的语言暴力。

当下取关了一些我生活中的好友，为了保护她们，对一场也许会上演的殃及池鱼做一次未雨绸缪。

于是，一开始的不在意，也慢慢转为了不安。

近年来，我晓得一个道理。不要召集太多人围观你的人生，召集前，要先学会无所谓。可惜，我当时没学会。

初出茅庐，完全慌乱手脚，一个月内，在这场唾沫口水战中，被腐蚀掉许多东西。

而后长达一年半的时间，我发现自己做事变得畏手畏脚，不愿意和陌生人接触，独来独往，下了节目，就躲宿舍里看书，也不大愿意上网，不使用微信。后来的微信，是 2014 年底，在我的搭档，也是姐妹俞小静的竭力说服下，才勉强开通的。尽管我身边的同事早已刷遍各种朋友圈，可是我当时真真对此社交软件不感兴趣。

那段时间常做噩梦，常把廉价小说里的恐怖桥段安在自己身上，然后带着满身的冷汗惊醒。直到2015年，噩梦的频率才少了，后来慢慢走出自己禁锢的圈子，结识了些好朋友。可是后遗症或多或少依旧在，社交上不主动，宁愿宅家里，朋友不多，反复联系的也就那么几个，大多时间一个人待着。为此，经常被俞小静数落："我们这些朋友是都死了吗？"

我的坏习惯，就是一个人消化坏情绪。难受到要死，也一个人躲家里，闭口不提，宁愿自己就这么废着，也害怕增加别人的麻烦。

节目中，时常会收到许多听友的私信，他们会告诉我一些生活的细碎和日常，也许今天的小测有点糟，也许对他说的话有点伤，也许仅仅只是不小心砸了些回忆，可是又有什么关系，重要的小事，都欢迎找"麻烦"。

道理你们都懂，我只是负责加粗一笔，让它更好提取。

作为主持人，有人喜欢你，有人讨厌你，而他们的共同点就是都会跑来告诉你。

喜欢的留下原因，讨厌的只是重复讨厌二字。对于后者，说不难过，有点虚伪，毕竟你可以选择不告诉我，或者不选择我，可是你没有，我晓得对看不顺眼的人和事给予些言辞上的挑衅，并且可以不负任何责任是件很爽的事，也许还会在心底期待一场交锋，让噱头更足一点，只可惜我天生无趣，又爱好和平，于是战火蔓延的戏码没能上演。

一次在喜马拉雅的留言区，看到了某位网友的留言，大致是很简单的一句"我不喜欢你的节目"。没想到，隔天又打开留言区，发现另外几位网友回复了该句话，诸如："不喜欢就不要听啊。""我们喜欢就好，不缺你。"

那一刻，好暖。素未谋面的你们，跳出来说话的样子，就像在捍卫某种欢喜，还夹带着点保护欲，让人感动不已。

有些安心，好似夜行，抬头看广袤星空，有几颗是你，你，还有你，暗中有微光。

生活里，有些误会源于部分刻板印象。被误会是一种隐形隔离剂，它不挑明于桌面上，在你未知的另外圈子里溶解，而后，它继续肆意蔓延，你继续蒙在鼓里。

见过因为误会，恋人分手的，亲人恶语相向的，朋友老死不相往来的，时间太短，气头上听不进解释，时间一长，没了解释的由头，索性懒得开这口。

生活里，有两种情况会让我抓狂，被误会以及不给解释误会的机会。很不幸，墨菲定律，统统碰到过。武断判刑，无处申冤，立即执行，全然没有缓刑的机会，留自己一人难受，独自反复质问为什么。

于是，日子总要过得小心翼翼，害怕一些人走了，也害怕一些人不走进来。

## 巧与不巧，都是我决定的

憋了几个小时的雨滴，终于挣脱云层的怀抱，从高空中坠落，在你脚边，开出了一朵花儿，你觉得这很幸运，倘若晚一步，就是花开别处。

楼底下的自动售卖机前，排了很长的队伍，你在队伍里缓慢移动，眼睛却盯着玻璃柜中仅剩的一罐可乐，生怕前面的人早先一步抢走，等到终于安心拿到可乐的时候，你才听到后面的人充满遗憾的叹息声。

还好，你比他幸运。

有人轻轻松松赶上了这趟巧，有些人小步快跑，依旧等不到。时间、地点对不上号，只能巧了别人，错过自己。

我有一个朋友。

是的，又是我的朋友，因为她们总有很多故事。

她的青春，我参与过一段。

高中的时候，她很喜欢班上的一个男同学，两人课堂接触的机会没有很多，偶尔她会拿着难解的数学题，跑去找他。

有些话，我们坐下再说

选题的时候，她刻意挑了道难的，一来延长两人讨论的时间，二来不至于显得自己特别笨。在解题的几分钟里，男生在脑海里想尽了各种思路，套用了各种公式，依旧没有得出答案。

时间越长，她越开心。

解题不是她的目的，与他拉长相处的时间才是最重要。如果这次课间 10 分钟，还不能顺利解答，那么她就还有下一个 10 分钟的机会，甚至是再下一个 10 分钟。

这样精心的布局，有一次，没能敌过半路杀出的学习委员。

在其热心和实力兼备的帮助下，这道题瞬间被解开，男生一脸茅塞顿开的喜悦，朋友一脸"关你什么事"的无奈，男生和学习委员继续对这道题的另外解题思路展开讨论，朋友只好拿着卷子回到座位上生闷气，一脸苦笑："还真是巧。"

有了上次的经验和教训，每次朋友在课间时分，总会瞄准学习委员不在教室，或忙于其他事情，不会再次出现多管闲事的机会后，才果断出击。

不料 10 次中，有 8 次在选题上失策，不是太简单，就是男生早已解答过，直接让朋友对着答案抄录。另外两次里，分别出现了老师，和数学课代表。

10 次出征，本身就需要勇气，结果这一番意外救援，把朋友的战场都挤掉了。

在几次解甲归田的小情绪后，领悟到车无退表的道理，于是重新行兵布阵，瞄准时机，再次上场。

临近高考，朋友在一次制造的偶遇里，假装无意地提及："我挺喜欢某某大学的，听说里面的环境和师资力量都不错耶。"

"这个学校不错，你可以好好努力。"男同学表示认同。

"那你呢，你喜欢哪所大学？"她继续盘问，因为这个才是重点。

男同学想了一会儿，说了另外一所学校的名字，朋友知道这所学校录取的分数线很高，倘若男生心向往之，自己一定是望尘莫及。

从此以后，朋友开始很认真地学习。

卷子摞得很高，黑眼圈堆得很深，日子也跑得很快。高考后，发榜前，所有人都疯了，大大小小的聚会，远远近近的旅行，比学习那会儿还要忙。

朋友在几次的同学聚会里，都没有见到他，忍不住想给他发条信息，可是要说些什么呢？

"考得怎么样啦？"

"最近在干吗？"

"某某电视剧你看了没？"

想了几条，而后又被自己一一否掉，因为这种废话只要碰上对方心情不好，一定会在心里给予"关你什么事啊"的回复。

编辑完，又删掉，删完又重新编辑，折腾了一个多小时，还是默默关掉了对话框。

接下来的几天，但凡有聚会，她都会旁敲侧击地问其他同学："有谁会参加呀？"

但每次的名单里都少了他。

后来在一次同学聚会里，得知他去另一座城市里的亲戚家小住。

回到家后，她想到了一个发信息的理由，于是打开他的头像，敲下："听说你去某城市啦，我好喜欢那边的特产馅饼，可以麻烦你回来的时候帮我带几盒吗？回头我把钱给你。"

点击发送后，开始莫名地紧张，等待信息回复的过程，心跳都达到180，每一秒都像是慢镜头，拖得难受。

在七上八下的忐忑里，手机的屏幕终于亮了。

朋友用眼角胆怯地瞥了一眼信息，确定头像是他之后，迅速打开信息，显示的是"好的。"

很简单的两个字，看不出情绪的好坏，甚至果断成为这次谈话的结束语。朋友有些失落，但是想到两人至少还有一次见面的理由和机会，就觉得划算。

公布成绩的那天，连空气都紧张。出乎意料，她的分数比平常的质检还要高出50分，和其他同学互通了信息后，知道大家发挥得都还不错，瞬间连呼吸也跟着轻松了。

可是他呢？

好想知道他考得怎么样？

拿起手机，打上了一些字："你查成绩了吗？"点击了发送，准备开始新一轮的紧张等待。

这次信息回复得很快，简洁明了的一个字："嗯。"

这个字有很多含义。第一，我查了，但成绩如何与你无关。还有，你的成绩我也不感兴趣，所以我并没有打算问。第二，考砸了，心情不好不想说。不管哪一种，对于她来说，都是坏消息。

于是，她魂不守舍地过了一天，两天，三天……直到返校填报志愿，还是没看到他的身影，而后才从老师那里得知，他决定复读。

这道数学追及问题，仅为了第一次相遇，她就足足解了三年，如今，他回起点，她在终点，距离下一次相遇的时间，她不知道应该要解多久。

收到录取通知书的前一个礼拜，她收到了一份快递，是男生为她寄过来的特产。她明白，这只是他帮的一个忙而已，不带任何感情色彩。

当初这个忙也只是为了见他一面找的借口，为了这一面，她准备了一个又一个话题，换了一套又一套衣服，纠结着该不该说些心里的话让他知道，演出前彩排了无数种场景，猜测了无数种可能性，唯独没有想到，最后，演员缺席，演出取消。

后来，她被调剂到一所很普通的大学，唯一让她欣慰的是，这所学校与男生曾经梦想的学校在同一个城市。

刚到大学那会儿，不管白天夜里，总是特别想家，想同学，也……想他。后来，白天课程多，社团活动多，慢慢地把想念的时间挤到了夜晚。床头的日历，被她划掉一个又一个昨天，就这么一直划到 6 月份。

这一年高考，他终于如愿考上了曾经梦想的那所学校，来到了她所在的城市。

知道消息的那天，她第一次兴奋地失眠了。

新学期开学后的一个礼拜，她转了3趟公车，跑去学校找他。那天，她很早就起床了，梳洗打扮后，反复问室友："这样，可以吗？"

室友说："美了，美了，一定可以凯旋。"

这才安心出门。

折腾了1个多小时的车程，终于见到了他。

他比以前黑了一点，模样没有变，他坐在她旁边，笑了："没想到两个学校间隔这么远，坐车辛苦了吧？"

"不辛苦，只是坐车而已，又不是走了1个多小时。"几年的时间她都等下来了，这1个小时又有什么。

上午，他带着她在学校逛了一圈，中午的时候，在食堂吃了一顿饭，下午送她上公车，并嘱咐她"路上小心，到了发个信息"。

她很用力地点头。

车子启动后，她不停地挥手，直到他消失在视线里，才收回，但心早就收不回来了。

回到学校后，她就开始计划着什么时候见第二次面，想着想着，就会不自觉大笑出来。大二了，她的专业课课时比大一那会儿多了一倍，社团部门会议三天两头开一次，将她的计划一次次打乱重新洗牌。

短信里得知他也挺忙，就想着先各忙各的，等忙完了见面再说。

转眼秋天,早晚凉意越来越浓,她才意识到,好几个月过去了。

那天周五,她带着社团里的两个学妹、一个学弟到商场采购活动演出的道具,回校的路上,途经一家咖啡店,意外透过落地玻璃看到了坐在店里,低头看杂志的他。

心生惊喜之余,她找了个借口有事先离开,并且叮嘱学弟学妹先将东西带回学校,自己晚点回去。

四个人告别后,她等三人走远了,便折回进了咖啡店。

制造偶遇是她的强项,从高中那会儿就已炉火纯青了。

她在门口理了理头发,整了整衣服,径直朝他走去,坐到了他对面的椅子上。他猛地抬头,一脸惊讶:"你怎么在这里?"

她笑得很夸张:"很巧吧,你怎么也一个人在这儿啊?"那句"这么闲也不来找我玩"还没有说出口,就听见他带着羞涩的口吻说:"不是一个人。"

她的笑容收了一半。

"我女朋友上洗手间了。"他居然会害羞。

就这最后一句,像颗地雷炸开。她觉着耳鸣,脑子嗡嗡作响。这些话就在耳边,但好像每一句都飘很远。

"交女朋友啦?什么时候的事呀?"还是要带着点微笑的。

"两个月前,我们系,和我一样,之前高考失败,也复读了一年。"

"巧啊,很不错。"这句话说得真艰难,要让人听不出抖音,还得努力压低声线。

当然下一秒她就意识到，应该要马上离开，因为眼睛有点模糊，有些情绪隐约觉得控制不住，就诌了个借口，提前离开。

"好，那你慢走注意安全。"

这次他少了那句"到校了发个信息"，她也没了挥手告别的环节。一切伤心、难过，乃至绝望，都得等出了咖啡厅才能释放。

她觉得可笑。喜欢他四年，等了他一年，不管她步调如何调整，终究还是不能赶上他的人生。

命运不凑巧，只给你打了几个照面，却凑不成一个永远。

她自然是羡慕那个女生的。那么巧地复读一年，那么巧地和他在大学同班，那么巧地在短短两个月内就走进他的世界，那么不费力地就把她那些"刻意为之"的"这么巧"打趴在地上，起不来。

回到学校，宿舍没人，她把自己关在浴室里，痛哭了好久好久，衣服湿了不管，头发乱了不管，哭到缺氧，哭到舍长回来，也统统不想管，任凭舍长拍门，她都不开，哭累了，就靠在墙上睡一会儿。

舍长见里面许久没有动静，怕出事，只好借了工具，把门锁撬开。

看到她眼泪、头发糊了一脸，歪着头沉沉睡着了，心里也大致猜到了些一二，可担心她坐地板受凉，还是叫醒了她。

醒来后，舍长也蹲在地上，搂着她不说话。

晚些时候，其他舍友陆续回来，再后来，谁都没说话，大家心里明白，说任何话都没用，静静陪着，让她心安就好。

接下来好长的时间里,她都一个人独来独往,去图书馆,去饭堂,去上课,三餐按时吃,社团活动照常参加,日子也好像没有什么不对,只是少了点"意思"。

毕业后,她回到了家乡,找了份对口的工作,挤公交,挤地铁,在日历上继续划掉一个又一个昨天。

就这样过了四年。

某一天,公司安排她出差,刚刚上了火车,手机就响了。

来电显示的是他的名字。既熟悉又陌生,只是少了当年心跳180的频率。

按下接听键。

"喂。"她的语气出奇平淡。

"喂,是我。你号码居然没有换,真好,还能打通。"听得出他有点惊喜。

"你号码也没换。"

"对,我怕换了,老同学找不到我。"他笑了一下。

她听完,没接话,于是空白了几秒。气氛有点尴尬,他又接着说:"听说你回老家工作了,怎么没在路上碰到过你?"

"可能不凑巧吧。"说完,她哈哈笑了一下,很快恢复了平静。

"嗯,可惜了,以前总是很巧就碰到。"他指的是上大学那会儿,在咖啡厅的偶遇。

她在心里苦笑,这世上哪有那么多的巧合,当年那些,也只不过是自己刻意为之罢了。后来连她自己也不知道,究竟是从什么时候开始，制造巧合这种剧本，自己虽擅长，但也已金盆洗手，不再参与。

后来，听他在电话那头说："是这样啦，这个周末我结婚，要怎么把请帖交给你呢？"

她看了看车窗外的景，有点陌生，应该是出城了。"我出差了，可能去不了，红包我让班长带过去给你，恭喜啊。"

"这样啊，我还挺希望你来的，咱班我熟的不多，所以没几个老同学。"听得出，他的语气带着失落。

"挺不巧的，我在外地，确实赶不回去，有机会再当面给你道喜。"

匆匆挂了电话，情绪异常平静。

一次聊天，见她主动谈起这事儿。我舒了一口气："恭喜你啊，以后的日子终于可以不用再避讳他的名字了。"

关于他，朋友们之前都饶有默契，绝对不在她面前提及。

她给了我一个鬼脸："我可以不嫁给青春，但未来，老娘还是必须要嫁给爱情。"

## 我故意不躲好，因为我怕你不来找

我曾经极度反感模式化的探望或慰问，尤其是对孤儿院以及老人院的集体造访。倘若只是为了在"雷锋月做好事"一栏里留下个事迹，以作日后表彰，那就更不希望看到各种"人间情"的爱心秀上演。

因此，大学一年级时，在得知社团协会即将于周日举办"走进养老院"的活动时，我立刻表态无意参与，愤青的标杆一立，有种举世皆浊我独清的爽快。

但我没想到这样的立场在24小时后，被一张海报成功扭转。

海报的内容是本次活动的宣传，就搁置在校道拐角处醒目的地方。上头几张老人院的日常照，看得鼻酸，于是转头给协会负责人打了电话，取消了之前瞎掰的事假，表示周日活动，可顺利参加。

负责人在电话里说："记得多准备些节目，到时候要表演哦。"

我足足愣了3秒，才勉强挤出一个"好"。

虽挂了电话，但"表演"二字久久散不去。和老爷爷老奶奶聊天，谈心还行，如今又唱又跳，这形式上会不会太浮夸了点儿？

不自主地打了个冷战，踱步回了宿舍。

隔天起了个大早，8点半就集体到达敬老院。

"你准备表演什么？"协会一个妹子问我。

我摇摇头，表示实在做不来这个。

事实证明，除了负责人自己，其余成员都没有准备节目。于是，她独唱了一首民歌，听得出，很用心，我们毫不吝啬从头到尾给了掌声。

表演的环节被淡化，谈心的氛围却浓厚起来。

这个地方，每隔一段时间就要告别一个生命，房间满了，又空了出来。余下的人，会感恩自己又多了一次目睹日升日落的机会，也会在弥留之际，做好准备，随时离开。所谓的善始善终，就是哪怕几步之遥已然为人生尽头了，但眼前的日子还得要好好过。

老来多健忘，唯不忘相思。往事一旦挂上嘴边，就止不住一件一件往上累。

老太太姓陈，八十好几，性子急，年轻时做事风风火火，轰轰烈烈。24岁，丈夫得病，没在医院待几天就去世了，葬礼上，她对着丈夫的照片一阵痛哭："平常做事都不缓不慢，叫你快点，你都不听，怎么这次离开……就那么急……"

花信年华，只剩独身一人。

陈老太哭了一年、两年……哭了十几二十年。她习惯了每天哭一哭来表达对丈夫的思念，哭完后，忍不住指责一句："走那么急做什么？"

陈老太没有孩子。丈夫走后，自己一人在县城工作了好长一段日子，暮年后才回了老家古厝。

老房子留不住年轻人。

隔壁住的也是一位老太太，姓姜，年龄比她大4岁。

姜老太和丈夫在结婚后的第三年就离婚了，一个人带着儿子风里来雨里去，儿子特别懂事、争气，中学开始，直至高考完，上了名牌大学，都靠自己的奖学金和勤工俭学，分担掉学费和生活费，如今已在大城市成家立业，假期都会回古厝看望姜老太，尽尽孝道。

这一点是姜老太觉得不需要比，就可以赢过隔壁陈老太的。

两人一天到晚都要拌嘴。有时嫌弃对方的菜既老又贵，有时嫌弃对方穿衣服很没品位，有时嫌弃对方用电用水浪费。

吵吵闹闹让这份独居的日子尽可能地看上去不那么无聊一点。

一年端午，陈老太从菜市场回来，经过姜老太的家门时，意外发现门前并没有停靠的车辆，显然，姜老太的高才生儿子没有回来。

陈老太随口酸了一句："肯定是工作忙，没空，这娘啊，说到底还是没有工作重要。"

不过，陈老太觉得这话要当着姜老太的面儿说，才更过瘾。战斗欲点燃，趁着星星之火刚起，就得赶紧给个机会燎原。

于是，陈老太上前拍姜老太家的木门。

但，拍了很久，都没有应答。

"看来是不在家，买菜是不可能，自己刚从菜市场回来，从家里到菜市场，也不过一条道，也没瞧见啊，死老太婆会去哪儿呢？"陈老太嘀咕不停，略带扫兴地迈回了家门。

敌方没应战，只好收拾兵器，回自己的大本营。

一天过去，两天过去，连着好几天都过去了，姜老太还是没有回来。

陈老太居然有点失落，她埋怨这份失落来得莫名其妙，于是不断跟自己开导，没有姜老太才好，多逍遥自在啊，不用看她炫耀儿子有多厉害，不用看她炫耀自己买东西砍价多威武，不用听她骂自己火急火燎赶着见阎王啊。

最后，陈老太得出一个结论，高手恋战。

于是又熬了一个礼拜，才终于把姜老太熬回来。

姜老太回来的第一件事，自然是来找陈老太。

刚迈进陈老太的家门，姜老太脸上的笑就止不住了。

这些天，儿子带她旅游去了，去了好多地方，吃了好多小吃，拍了好多照片，陈老太知道，这老太婆就是故意向自己炫耀来着。

在姜老太说风景漂亮的时候，陈老太回应的是："电视上谁没看过。"

在姜老太说小吃好吃的时候，陈老太回应的是："那么脏的东西也不怕吃坏肚子。"

在姜老太给她看照片的时候，陈老太回应的是："还以为是小姑娘呢，都到了拍遗照的年龄了，还不害臊。"

姜老太知道陈老太醋意浓，加上旅行的喜悦还占据大脑层，所以姜老太这次不打算应战，因为不管应不应战，自己都赢了，目的达到，就该回大本营休息了。

当晚，陈老太翻来覆去睡不着，拿起丈夫的照片，看了许久后，像小孩子一样撅着嘴，赌气说道："有什么好神气的，要是我们有儿子，他肯定也带我们去的。"

陈老太想着刚结婚那会儿，丈夫特别想要个孩子，可是自己没同意，觉着还年轻，多几年二人世界不好吗。

她总觉得来日方长嘛，后来，她也明白了，来日方长的只是她自己的人生而已。

到现在，她唯一在心里认过输的，就是姜老太有一个儿子，而她没有。

近几年，小城的古厝规划为旅游景区，每天这里都会涌入大量外地游客。

"吵死了，一堆破房子有什么好看的。"陈老太对着一群远去的观光客背影，不满地埋怨。

"哎，我倒觉得挺好的，现在都不用担心哪天死了没人知道了，反正这房子天天有人来参观。"连着好些日子，姜老太都觉得身子大不如前，吃了几帖中药，都不见效，于是说起话来，情绪就不知不觉消极了些。

一开始觉得是自己多虑，到后来，连陈老太都注意到了点异常。

因为姜老太的记性是越来越差了，甚至差到离谱。

认不得回家路，时常忘记三餐，饱饿不分，手里拽着门锁却还在满屋子找锁。和陈老太吵架的次数也越来越少了，有时候，她连陈老太都认不出来。

姜老太时而清醒，时而迷糊，陈老太觉着不对劲儿，打了通电话给姜老太的儿子，并且告知了情况。儿子赶回老家，带着姜老太到医院检查，医生说，这是阿尔茨海默病，也就是老年痴呆。

儿子询问了治疗方案，医生让其先用药物缓一缓病情。

开车从医院回来的路上，一直沉默坐在副驾驶上的姜老太，突然转头对儿子说："以后想家也不能老是跑回来，更不要翘课，不然知识怎么跟得上。"

儿子侧过脸，略带惊讶地看着母亲。

姜老太笑了笑说："算了，这次就不怪你了，但是吃完午饭就乖乖回学校上课去。"儿子点头，目光落在了母亲的双鬓上，年前仅存的几根青丝，才几个月不到就已经全部泛白。

母亲，是真的老了。

她已经开始忘掉一些事了，虽然他不愿正视这个事实，宠溺的目光还在，就还有希望痊愈。

回到古厝后，姜老太的儿子简单收拾了母亲的几件衣服，并和陈老太礼貌告别。陈老太胸口堵得慌，一声叹息后，满脸严肃地说："到城里，一定要好好照顾她。"

儿子点头，让陈老太自己也要照顾好自己。

姜老太走后，隔壁的房子便空了下来。陈老太偶尔买菜回来经过时，会站在门口发呆一会儿。打扫卫生时，也会连隔壁门前的垃圾一起清理。夜晚还会拿起姜老太旅游时留下的照片看看，然后叹着气，说："不吵架，没意思。"

她在思念，不管她愿不愿意承认。

好长一段时间，陈老太的生活几乎成了一部默片，一天下来，除了和菜贩们砍价外，说不上几句话。先前偶尔还会有成群的观光客转悠，后来政府下令保护古厝，禁止大量游客进入，里面的生活就越发冷清。

一段往事回忆完，陈老太起身拿起抽屉里的一盒糖，放到我面前，说："妹妹，来，吃一个。"
"谢谢。"我拿了一颗，拨开了糖纸，放到嘴里："您居然会买糖。"
"不是我买的，是她儿子给我买的。"看得出，陈老太很是喜欢。
"那她呢？"我是指姜老太。
"走了，去年走的。"陈老太的指腹抚过相册里安放的两份思念，说："两个都比我幸福，走的时候，爱的人都有在身边。"
我觉得难受，没接上话。
她又宽慰了一句："还好住到这里了，以后走的时候，也热闹一点。"

离开时，她送我们到门口，和其他的老人一起，对这次的慰问频频感谢，对一群陌生人施与的关心而感恩万分。
她们像被丢进学前班的孩子一样，期盼每一次亲人的探访。儿时我们在学前班里因恐慌而哭得撕心裂肺，却不知那时躲在窗外的父母一刻都不忍离开。
而今，年迈如他们，也依旧愿意一辈子都相信窗外有惊喜，犹如当年的自己，而不是真的被抛弃。

## 这次，还要不要奋不顾身了

还记得你上一次拼尽全力，奋不顾身是在什么时候？
有人说："上一段恋情。"
有人说："高考吧。"
有人说："第一份工作的试用期。"
有人说："第一次上台演出。"

我羡慕那些有劲儿可以使的日子，它让生命变得硬气、明朗，有方向感。爱人，工作，生活，喜好都尽我所能，毫无保留。飞蛾若不敢扑火，这生命如何壮阔。"要"的境界大致如此。

南墙要用力撞，坎儿要用力跨，人要用力爱，这是一场主观上的胜战，且不管最终结果有否惜败于客观阻碍，至少也都能落个"值得"二字。我热爱这种刚烈，并希望自己真真可以这样用力一辈子。

高三那年，没有一刻得闲。虽然使了很多蛮力，可也得到很多鼓励。小区同个楼道里住着几个同学，遇到难题，就楼上楼下串个门，一起埋头研究。我和住对门楼上的女生周周，都是文科班的，两人对跑上跑下这种耗体力的活儿渐渐吃不消了，就想了个办法。

我们的卧室各自连着阳台，有事儿找，直接在阳台喊几声，因为距离近，传声效果还是不错的。

倘若要传递些题目或卷子，就用一条绳子拴住各自阳台，两头绑个大铃铛，中间系个塑料袋，道具虽然业余，可交流我们是认真的。

我一直都觉得周周是个内向胆怯的女生，直到那次让我彻底震惊且心生崇拜。

我们的阳台对面，向着对楼住户的客厅，不知道从什么时候开始，对楼的某个住户，一到晚上就开始高歌，应该还就着麦，扩音效果是真不错，但歌艺确实差强人意。

尽管不算不着调，但在需要安静学习环境的高三党看来，这些都被归为噪声扰民。

当做完一份数学卷后，我听到阳台的铃铛响得厉害，放下笔，跑出卧室。

"听到那声儿了吗？"周周将头探出阳台，语气略显无奈。

"有。就是不知道从哪家传出来的？"其实我心里特想捂他一嘴胶布。

"一个小时了，都一个小时啦，我那唯物辩证法都没能好好背下来。"周周开始抓狂，急躁起来。

可惜当晚的吐槽伴着噪声背景只进行了十五分钟，最后无果，各自黯然回卧室，并且居然让这样的状态又持续了两天。

直到第三天晚上,我正在做一份英语试卷,突然被窗外一声嘶喊震慑住了。

声音是周周的。

她终于忍不住了,站在她家阳台,向着对楼喊:"吵死了。学生都在学习,不要太过分了。"

每个字都破了音,毕竟是扯着嗓子喊的,还带着极度生气的样子,脸鼓得通红,尾音甚至有点抖。抖,也可能是因为紧张。

我站在自家阳台,愣了好几秒。正在想自己是不是应该站队助阵时,歌声停了。

周周对着我使了一下眼色,大致是,看吧,还是有效的。

我对着她,竖起大拇指,在没有出声的情况下,用嘴型送了她一字:"牛。"

那天后,歌声再没响起。只是复习的压力没有因此减小,比如周周和我脸上不约而同相继长了许多青春痘,估摸着是熬夜的后遗症。

一个礼拜后,我在楼下碰到周周,她说:"街口那家药房有一款祛痘产品做试用装的促销,要不要一起去?"

"什么时候?"我正瞅着脸上那几颗红痘不顺眼。

"周日早上7点开始,要排队,数量有限,去晚了,就没有了。"她凑近了才肯说,似乎怕别人听到抢了一步先。

"这么早!我怕起不来啊。"每个礼拜我就只盼着这一天能够自然醒。

"去啦,去啦,我们一起去。我自己不好意思排队,怪尴尬的。"

距离周日还有三天，我和周周说："让我再考虑一下呗。"

她的神情，似乎是很想要再给一些说服的理由的，但后来也只说了句："好吧。"

我承认，"考虑一下"只是我的托词，周周应该也看出来了。

但周六临睡前，我还是调了闹钟，闹点是 6 点 45 分。它也确实成功将我闹醒，我就这么赖在床上，认真听着是否有敲门声，或是阳台的铃铛声。

直到 7 点 15 分了，门外和窗外依旧没有任何动静，我想，周周应该是放弃早起了，才安稳地又睡了过去。

周一出门，在楼道上，碰到周周。

"给你，我用了，很清凉。"她拿了一瓶试用装递给我。

"周日你去啦？"我十分意外。

"去了，机会难得嘛。"她说。

"你怎么不叫我？"

"怕你起不来，让你多睡会儿，我去也一样。"

我突然有点五味杂陈，也许带着一点点惭愧，一点点不好意思，再加上一些些的感动。

事实上，我不及她用力过活。这点我很难过。

那天后，这份失落感，又持续了一段时间。

高考那天，在小区停车场里碰到了周周的母亲，她特别紧张地和我说："我家周周不知道今天能不能集中精神，她早上生理期痛得我都心疼。"

女生的生理痛，是折磨人的。我曾经有一场重要的质检考就是砸在了例假上。

高三那年，为了避免这种不幸的巧合，班上很多女生会服用一些药物，来延缓例假，以此成功避开重大考试日，但通常这种外源激素药物对身体的影响并不好，所以除非特殊情况，否则不轻易尝试。

周周和我曾经讨论过这个问题，但后来我们一起否掉了这项尝试。

当时，我们都打算拼尽全力，奋不顾身一把。

"不会的，阿姨你要相信周周。"因为我也信她。

"信，要信，要信的。你也要加油，妹妹。"

那一次，我确实用了很大的力道，最后也如愿收获了好成绩。可也在考完最后一科后，回家落寞了很久。

这份情绪不是成绩未知的恐惧，而是突然对那些陪我用力的大大小小试题资料有了不舍，甚至一想到它们已俨然与我无关后，更为失落，丢弃时，居然莫名有种过河拆桥的罪恶感。

我曾经一度以为这是自己用力过猛的后遗症，后来慢慢意识到，那些具象的行为并非让我有多难忘、多迷恋，甚至让我重返高三内心都是拒绝的。

真正让我怀念的，是可以用力的日子。

用力的时候，生活都有饱腹感。它不是汽水胀腹的假象，一个嗝就打回原形，而是坐实了胃肠道，参与了往后日子的每一次新陈代谢。

它可以让我过得有意思点。

可是用力，不代表不受伤，不代表有收获，不代表被认可，唯一可以确定的是你能得到满足。

那些浅尝辄止的人，也许曾经奋不顾身过，只是后来不敢再那么用力了，开始有了保留和防卫，怕受伤，也怕伤人。

一次爱人的背叛，就好几年闻不得女人香，不至于；一次工作的失误，就认定不如别人来得胜任，也不至于；下一次的心动和下一次的机遇，该用力还是要用力。

一次栽跟头，就信仰尽失，不好。别太厚爱前肇事者，也别太亏待后当事人。

后来，我又用力做过很多件事情，有些隔了很多年才给了我当初想要的答案，可我得到时的兴奋劲儿依旧犹如当年。有些石沉大海，没有回音，没有归期。

可我还在用力，竭尽我所能，爱该爱的人，做该做的事，你们也可以。

还记得你上一次拼尽全力，奋不顾身是在什么时候吗？

我希望有一天，你们会得意地回答："每一次。"

## 假装我是你，所以懂你

我遇见过一些人，他们不健全的身躯里藏着一颗完整的心。

在一段日子里，我和他们分别有过几面之缘，而后不再见到。

小时候，家里人是懂些裁缝的，所以家里随处可见划粉，与粉笔类似，颜色多样，形状不同而已。

我见过的划粉多数是三角形，薄薄的一片，裁布量衣，都靠它标记。小时候对划粉挺感兴趣，也时常拿它当作粉笔，在走廊上的墙壁涂画。

旧日子里的颜色，有它的一部分功劳。

早前，外婆家附近的巷子尽头，就有个阿婆，专门制作划粉。每天下午，坐家门口，捣腾着一堆刚捏成型的划粉，等着日头晒干它们。

附近的孩子，经常跑到她家里，看她的手工活，偶尔征得她的同意，拿得一块划粉，就会特别开心。

我是这群孩子里的一个。

大人说，她小时候生过一场大病，耽误了身子，病后身高就不见长，始终保持着一米二左右的高度。没结婚，一人独来独往。可是性格好，人也亲切，所以孩子们都愿意靠近她，和她搭话。

我庆幸儿时的玩伴并无用嘲讽的口吻和不礼貌的用词与她对话，也并无将其视为弱者给予过多伤自尊的同情，一切相处模式恰到好处。

人生中，那些不愿浓墨重彩去刻意标记的不完美，大多有着永久性的影响和伤害，事实上，它们也不随岁月流逝而有所改善，甚至无法回避，一生携带。

即使你带着善意，面对面给予了对方这份不幸最高额度的关怀，也依旧会在转身后，松口气感恩上帝："还好不是我。"

在这里不要提"我能感同身受的"。就像冷风割脸，那种生疼，你在房间的壁炉边不会了解。

曾经一次到餐饮店打包午饭。正值用餐高峰期，餐饮窗口排着长队，当我顺利找到队伍的尾巴后，才发现排在我前面的是一名高位截肢的残疾人士。他的大腿以下部位是没有的，行动仅靠双手接触地板挪动。

听工作人员与他的对话，应该是常客了。也许怕耽误队伍的点餐进度，他挪动身子的速度很快，双手摆动的频率很高。我在他身后，用缓慢前行暗示他，别急，慢慢来。他显然用快速移动回应我，没事，我可以。

如此有心之举，让人徒增许多敬意。

结账时，餐饮人员特意走到他面前，双手递上盒饭，很是恭敬。他连连点头致谢，随即绕开人群，一步一步慢慢挪向门口。

大约一分钟后，我也提着午饭出了店门，一眼又瞧见了他。当下他所进行的一切动作都显得吃力万分。一辆三轮摩的是他的坐骑，车厢上堆积的货物隐约透露了他的工作。过高的车座椅为他的上下增加了许多难度，可是他却用一系列熟练的攀爬动作告诉你"我可以"。

在如此残缺的身躯下，都能有这般用力过活的人，我等健全人士怎敢有脸面悲秋伤怀。

为了正常生活，他们要大口呼吸。想必都是在熬过多少个失眠夜晚，反刍无数遍"为什么是我"之后，才下的决定。世上所有"不甘心"下的"放弃挣扎"，都归为"认命"。

从此，他们用一种超乎常人的方式过活，并且用实际行动告诉世人：藏匿于身体里的潜能，只有他们可以发挥到极致。

碰上他们，我才发觉自己内心的防线容易瓦解。

她，我是经常看到的。

在距离我第三个租房处较近的 ATM 取款机旁，总是推着一辆三轮车，车上摆放的水果，种类数量并不多，她却依旧可以认真地对所有经过她面前的路人轻声吆喝，以时刻提醒自己是个小贩的身份。

她选的摊点很糟糕，事实上，这一整条老街最不缺的就是卖水果的商贩们，更何况她的水果数量和种类远不及他们。

所有的商贩里，我对她留有印象，并不全是因为她的年迈，也许还带着一点点对其佝偻症的疼惜。

那天的雨几乎是顷刻而下，让人毫无招架之力。我被困在取款机旁的屋檐下，于是有了和她的第一次对话。

她诚恳推荐，笑脸相对，带着周边县城的口音，对着我说："小妹，你喜欢吃龙眼吗？我的龙眼很甜，都是家里自己种的。"

篮子里的龙眼其实所剩无几了，我靠近她，蹲了下来："阿姨，今天生意很好啊，这龙眼已经不多了。"

她实在很喜欢笑，每一句话前都要先"咯咯"地笑一番，才接话："没有啦，今天天气不好，出来带的不多，多了卖不完，载回去很累的。"

"你住的地方离这儿很远吗？"

"远哦，骑车过来要1个多钟头呢。"说完这句，她看了一下天，神情有点失落："可是雨太大了，大家都不能买东西了，影响很大的。"

看来，她对目前的交易成绩并不满意。接着看了看我，用极为试探性的口吻说："你要不要来一些？"

我说："好啊。"

她对我不假思索的同意，显得很意外，立马兴奋又快速地从篮子里摘了一粒龙眼塞给我，说："小妹，你尝一下，尝一下，很甜的。"

我伸手接过来，并没有往嘴里送。因为当下，不管甜不甜，我都会买。

一般来说，我会尽量将消费简单化，除非这趟消费的所购之物是要赠予他人，我才会对商品的质量把关多些上心，多点斟酌。

消费时所询问到的数字单价，对于我来说，并不会有太具象的概念，只要对方不是刻意哄抬物价，我倒也省去了许多讨价还价的麻烦。

那天，我将篮子里所剩不多的龙眼全部捎走了。她无比感激，临走时，反复说："谢谢你啊，小妹，你放心，很甜的，我绝对不骗你。"

她没有骗我，确实是甜的。只是这数量对于我来说，还是太多了。后来，我分别给几个朋友送了去，留下一些给自己。

我始终没有忘记这趟消费，倒不是在心里想要标榜这次善行。消费的初衷很大一部分的原因是她的诚恳，直觉上，我想我可以信她。我承认，这中间或许还夹杂一点怜惜的情感，而让我真正记挂的，是我貌似施以援手的这份行为，没有因为她的失信，而变得多此一举。

多年后想起，我依旧心满意足。

生活里，在换位思考上，我做得还行。它让我避开了许多伤人话语，这提起来，并没有多了不起，只是不见得有很多人能够做到，就连我，也大多是尽力而为。

把一些话对自己认真说一遍，听了不难受，说明这话安全，大可放心地递给他，行为也一样。

第五章　收信快乐，
展信欢颜（一）

前段时间，同事问我，"此致敬礼"前面是否要加空格时，我竟一时半会儿答不上来，想了一会儿，最后还是摇摇头，实属无奈，毕竟好久不写信，格式几乎忘光，即使早年与远方一些友人通信，也并不按规矩来，最规矩的时候，也只有在考试的最后一道书信作文题里。

先前搬家时丢掉很多信，仅存的一些信件，连邮戳上的日期也都已经模糊，大概因为太久远了，连早年收发信件的心情都已记不清。

这几年来，纸质信件逐步从生活里谢幕，如今也只能偶尔在信箱里，收到几张远行游玩的友人，从各个地方寄过来的明信片，文字内容并不多，甚至格式都随性，但索性还留有读取时的温暖和感动。

在电台工作的这几年，常常收到很多听友发来的电子私信，信里的每一字都细细斟酌，认真倾吐，我如此幸运，竟可以知晓你们的人生片段，尽自己所悟，给予我的一些有感而发。

## 吃力的时候靠喜好维持生计

来自听友【一天下来】的信：

小南，我是一名护理专业的大专应届毕业生，感谢你的每一期节目，我从今年2月份开学，就进入了疯狂的毕业冲刺阶段，一直

有些话，我们坐下再说

到5月份的中旬，每天晚上都到凌晨才睡，每天要看那么多书，做那么多试题模拟试卷，好不容易考完了护士资格证书，回到家又要开始准备医院里的人事代理考试，一直到了7月中旬，我晚上都没有睡过一个好觉，说实话压力真的特别大！

学习压力大了，我会打开你的广播，往返学校的车上，也会戴上耳机听你的广播，每天睡前也会戴上耳机，定好时间听着你的广播入睡，真的已经成为一种习惯。

后来，我的努力没有白费，我的护士资格考试通过了，我的医院人事代理笔试通过了，也进了面试！天知道我有多高兴，说实话我激动地哭了。但是，进行面试资格审查的时候，按程序说明，8月18日才可以打印，而资格审查却是在9日和10号，上天和我来了个天大的玩笑，我没法打印我的护士资格考试成绩合格证明单，所以进了面试，却没法进行面试，我的心情真的很低落，我甚至特别的委屈，但是能有什么办法呢？

我花了一个小时让我的心情平复下来，我告诉自己我今年能过我明年一定还能过！我从现在开始复习，明年我一定会取得比今年更好的成绩！更何况还有你陪着我，听到你的声音会使我感觉到内心安静，我如果是个男孩子一定会去追求你的。

谢谢你，小南，接下来的一年我会更加的努力，越努力越幸运！感谢一路有你相伴。爱你。

回复：

有段时间，我自己心中也还有些东西想努力，于是在特别吃力的日子里，我也喜欢过一些事物，有时是一部电影，有时是一首歌，而我要谢谢你，喜欢的是我的广播。

它可能有些不完美，但它一定是我当下某个阶段状态中，所能给予的最好的。我也明白，有些喜欢，只有陪伴性，不具长久性，所以，我愿意在被喜欢的日子里，认真享受，也会提前做好准备，在这份喜欢离去时，用心告别。

生活善变，人本善良，命运要求我们既要处变不惊，又要随机应变，这着实过分了些，但意外常有，正合我意不常有，见怪不怪是一种好心态。

大学那会儿，我很喜欢一部影片《当幸福来敲门》。电影改编自美国著名黑人投资专家克里斯·加德纳的同名自传，片中记录了他真实辛酸的点滴。

近而立之年的克里斯·加德纳在影片《当幸福来敲门》中，用他的人生尽力描绘幸福。但是痛苦的绝望，泪水的控诉，轮番在生活中搅拌，所有的打击，将一重又一重的希望碾如灰。

影片一开始，克里斯·加德纳就是用奔跑宣告他一天生活的开启。

"直到28岁时，我才见了父亲的第一面。而我很小的时候，就下定决心，当我自己有孩子的时候，我一定要好好地对他负起责任。"

这是克里斯·加德纳站在幼儿园门口望着儿子时，在内心对自己的嘱托。为这个家许诺过的事情，他原本就打算即使豁出一辈子的时间，也要兑现。

所以，克里斯·加德纳一生的路线图、规划在与儿子、妻子一起的奔走轨迹上。只是，妻子的退出，令所有的遗憾提早到来。曾有过的爱，在一切生活琐碎中，变得陌生。

抱怨，唠叨，几乎成了两人之间沟通的方式。当妻子欲将儿子从克里斯·加德纳身边夺走时，克里斯·加德纳捍卫了对儿子的承诺，胜了这场战役。

生活的忙碌与绝望，让这对父子在低谷里挣扎许久。

"别让人家跟你说，你成不了大器，即使我也不行！有梦想，就要保护它！那些自己没有成功的人会说你也不能成才，但是，你要什么的话，就要努力得到它！"与儿子在篮球架下的谈话，是克里斯·加德纳心中对最初信仰的坚持，也成为影片的经典词句。

克里斯·加德纳一天的销售寄托，都在手中的那台便携式骨密度扫描仪上。而事实上，所有奔波获取的等量价值，并非公平。

生活会"犯傻"。

当克里斯·加德纳明白，不是所有的人都能如实遵守约定时，这份代价并非仅仅只是那台丢失的便携式骨密度扫描仪而已，随之而来的还有生活所给予的惩罚，纵使这个遗憾在克里斯·加德纳的一次意外中，也得到了弥补。

屡次惨遭一无所有的痛楚，房租的拖欠令父子在圣诞节流落街头，那一晚，克里斯·加德纳抱着怀中熟睡的儿子在地铁站的浴室中，第一次落泪。

以为只会光顾高学历者的"证券经纪人"职业，在被他重新确定，其实只需要能处理好数学与人际关系就可获取的时候，克里斯·加德纳决定为自己赢取。

克里斯·加德纳在计程车内，用了短短几分钟的时间为自己赢得了证券公司面试的机会，而他的筹码，仅仅是顺利完成一个魔方的拼接。紧接下来，克里斯·加德纳用自己的身体重新定义了"时间"

和"奇迹"。

　　在妻子看来，从推销员到实习生，是倒退。而克里斯·加德纳却用1与20的比例在这场实习战中，获取了唯一的通行证。

　　有时，只是几场暴雨而已，门窗关好就行，放晴了，我会叫你。

## 说你呢，打起精神来

来自听友【化匠默】的信：

我不知道自己还可以有生命，我在努力地想活下去，可是生命已判了我死缓。我最想的事情，就是健康地的老去，陪着我爱的人，可是我做不到了吧。我不知道怎么才能说清楚。在我的世界里。

也许我的病会像一颗定时炸弹随时把我带走。我想努力地活下去。在得知生病的这段日子里，我绝望过，怨恨过。可是我却回不到那个曾经的我了。

回复：

我隐约闻到了两种讯息，有一份消极以及想要打败这份消极的心，后者让我庆幸，至少我的文字回复，还有些可取之用。

我很怕被定性为"绝对"的事情，因为它会让人看起来，坚不可摧，从而令人在情绪里陷入"绝望"中。

可大多时候，这都是假象，而大多数人，都怕这种假象。

每个人都经历过，包括你，也包括我，只是性质不同，比较起来毫无意义而已,但当下的那种情绪谁都明白。

  我也曾经看熊顿的漫画和电影,哭得惨兮兮。我知道让人接受自己即将提前结束生命行程的事实,这很难,让身边爱你的人接受这个事实,更难。

  很多失落的情绪,我大抵都能安慰,唯独生死,怕被指高谈阔论,更怕徒劳无功。可我还是要很大声地说话,告诉你"许多奇迹,我们相信才会存在"。

  药要好好吃,治疗要好好对待,身边爱的人也都会在。

  我不希望只是尽力,而是竭尽全力。

有些话，我们坐下再说

## 就是一颗平常心而已

来自听友【飞不起来的菜啦啦】的信：

辞职了。上周给自己一个月的期限到了。现在又是在低谷中晃荡，一直在磕磕碰碰。有时候很想分享这段时间的情况，但是觉得说了，没什么用。就像心情不好，喝醉了，第二天不也要照常面对。

下午面试了，要等复试，不知道有没有机会，头略痛。对这家公司带着期望值过去的。

周一我哥哥结婚，周五我朋友结婚，答应她长裙落地，必短裙相依，不知道穿什么礼服。昨天早上临时去买了一套，很少在朋友面前穿裙子。

昨天的月亮很大，今天的月亮一样美，有时间，就抬头看下月亮，享受安静的月光。

我想跟你说，我3日早上8点手机被偷了，只怪自己不小心，很好笑。没事没事，只能说自己不小心，这种事情也是迟早会发生的，因为自己很是无所谓的状态，也给自己一个教训吧。

回复：

我也曾和你一样，是个隔几天就会对着电脑敲下碎碎念文字的人，那时候应该还有个存活的载体，叫博客。这个博客一直没有对外公开，甚至在我的各个社交网络里，都没有留下任何日志链接的蛛丝马迹。

现在看来，已荒废多年，不成熟的心情和文字都是一段过去，账号和密码也已忘记，可能因为觉得没有重温的必要，所以淡化了这种遗憾。

可是收到你的碎碎念时，就突然留有替你保护好它的念头，哪天你要提取，我可以第一时间给你。

大一那会儿，还是一个遇事就哭着打电话回家求助的年纪。当时因为钱包被偷，加之身处异乡而觉得无助不已。也怪自己马虎，采购完毕出了商场，骑车回学校。即使路上隐约觉得挎包有拉拽感，也没上心，到了学校才发现钱包已不见。饭卡、银行卡、身份证、校园卡都在里头，这一棒敲得晕头转向，不知如何是好。

舍友陪着出来，顺着原路一顿找，依旧无果。

返回时经过学校警卫室，几乎不抱希望地随口咨询了一句，却没想到已有好心人将其拾到。在确认了些细节和信息后，警卫室的工作人员才安心认可我的失主身份。所有的卡都在，只是现金已不见。

后来才知，小偷得手后，取走现金，就将钱包随手扔在了一家便利店门口。说来也巧，店老板眼尖瞧见了包，捡了回去。

老板取出里头的校园卡，嘀咕时，被正在一旁付账的顾客注意到。这位顾客恰好是我们学校的老师,所以一眼便认出可能是自家学校的学生不小心遗失的,就热心地带了回来。

至今,我依旧感恩这位未曾谋面的老师,让我第一次感受失而复得带来的喜悦到底有多大。

这种喜悦,我希望你在今后的生活里也会有。

## 欢迎光临，随时在线

来自听友【花房小姐】的信：

小南，我是一名高三学生。高二暑假意外发现喜马拉雅，爱上你的声音。开学前你好多天没有更新，每天刷新都没有新状况，不知你是不是病了，或者其他。

进入高三两个月了，今天才回来看看。高三蛮累的，也蛮想你的。

感恩你的陪伴，带给我正能量，带给我快乐，小南，小南，夜深，好梦。

你让我远离浮躁呢。好不容易放假两天。听你以前节目一下午了，作业很顺利呀。

我上大学啦。谢谢小南，我选择了学医，比较累，也很享受其中。

好梦，难得早睡一晚。学医真的好辛苦哦……可是渐渐适应了，小南，我又回来啦，一切可好？坚持每一天！

回复：

　　陆续收到这些文字的时间间隔，应该有了三年之久。谢谢你让我参与了你的青春这么多年。你的人生可以继续放心前行，因为不管信件什么时候造访，我这个"老友"都在，应该还会继续从事广播很多年，所以这份参与，只要你愿意，我都奉陪到底。

　　如果我是这份情感依托，我会为自己这股榜样力量而继续努力。因为它面对的是你们，所以有责任给你们更多积极、乐观的东西，于它本身而言，也乐意从你们身上汲取、学习。

　　我的家人中，也有医生这份职业。在我的早间资讯节目里，经常互动留言的听友里，也有几位从医。不管是医生，还是护士，都是让人敬仰的职业，所以，与你们交集，简直让我骄傲不已。

　　因为工作原因，接触到形形色色人群的机会较多，唯有病患这块，总让人沉重不堪。所有患者的生存信念和家人朋友的鼓舞打气，都不及医务工作者在一次医疗上的救急。

　　所以，未来生命的魔术师，请好好学习技能吧。

## 真没必要失落

来自听友【我走了是为了回来】的信件：

小南，我有个朋友，我很看重她，可是我总觉得她并不在乎我们之间的友情，有时候我也难受，我觉得自己处处为她着想，她有什么困难，我一定第一个帮她，可是我觉得她没有那么在乎我，有时候我心情不好给她发信息，她回复的话语很是敷衍，甚至有时候不怎么愿意回复，很没有礼貌，是我想太多了吗？

回复：

礼尚往来是种好美德，大多数人都能认可，但执行到位的并不多。你的朋友只是这群人中的一个。

这份态度是否仅限于你，不得而知，倘若不是，仅是素养习惯问题，成人后，性格大多已定性，要想教化，并非易事，倘若冷漠仅限于你，许是于她而言，你真的没有那么重要。

这种情况在我工作后，碰到过一次。

某个大学生广告大赛颁奖仪式在我们单位举行，得知有以前母校的一位老师以及同专业院系的学生参与，恰好手头工作也已完成，就和几位同事一起到活动现场观摩。

我们到时，仪式已进行一半。迅速在后排座位找了个空位坐下，并且陆续捕捉到了前方几个熟悉的背影。其中，一位是我大学的老师。

在大学里，我与她交集不算少，因此，我很自信地将她与自己划为熟人范畴。

大约半小时后，活动仪式进入颁奖环节。一些学生在听到获奖名字后，纷纷起身，上台领奖。她拿着相机，小步跑到前方，略显仓促，想为这几幕留下些影像。

记录完毕后，我见她朝后方走来，路径方向与我的座位大约一致。我迅速带上了笑容，做好招呼的回应。

她从我面前经过，无做停留，许是没注意到，我打算主动问候，于是轻声叫住了她。

她回过头，看向我，留给我的表情，我大致也猜出了几分，无外乎是"这位同学看着眼熟，但名字真心记不起"。

我下一刻就抛出了自己的名字，以及上学时一长串事件记忆点，试图让这份尴尬缓解些。她似恍然大悟地回应："是你啊。"

我猛点头，为她这份记忆的成功提取表示欣慰。接着记起前不久，朋友的亲戚有意报考之前母校的一些专业，就想着她恰好从教这门学科，此时恰好可向她咨询些招生细节。

于是我又顺了几句，说明了这些情况。

她略显为难地说："哎呀，我现在要先到台前拿资料，你等一等呀。"

当下，我为这份唐突冒失的打扰深感抱歉，并表示等她忙完再咨询，她便走开了。

此刻颁奖仪式已都结束，学生自由走动，相互交流。恰好之前同系的一位学长也在活动现场，许久未见，寒暄后才知在报社工作，今天做采访报道的任务。交流间隙，一些获奖的学生三三两两凑过来，热络地聊了起来。

过会儿，她走了过来。我再次迎上她，礼貌提及刚才的问题，她拿出手机："这样吧，你有我电话没，到时候你打给我呗。"

"有的。我有您的号码。"保险起见，我还是掏出手机，当刻回拨了她给的号，果然，她号没换，我也没删，还留存着。

"那好，回头再说。"她匆忙给了我一句后，立刻转过头，望向那位学长："听说你在报社工作呀？"语气满是欣喜。

"是。"他说。

"太好了，以后找你办事情就方便多了。"她开心到几乎要蹦起来。

她也确实把握到了一次今后可能会为自己带来某些利益的寒暄机会。

我略显失落，甚至有点难过，因为这表示我在这场利弊权衡中，惜败出局。

晚上因为直播，下了班回到住处，已是21点过一刻。想着白天有表明晚上致电咨询，倘若今天不打，食言应该不太好。

可是不晓得这个点致电，会不会打扰到。学校公共选修课的时间一般都在晚上，倘若影响她讲课，更不应该，思来想去，决定先发个短信，若方便接听，再致电过去也行。

斟酌了好些字眼后,按了发送键,便开始等待信息的回复。

可是接下来的半个小时内,手机一直都没有动静。

我决定先忙活自己的杂事,比如洗漱去。

洗漱完毕又忙活了其他杂事,时间已过了23点。

事实上,一整晚我都没有等到她的回信。隔天又等了一天,还是没有。

此后,我没再发送信息,也没了致电的念头。

我并不在意这份被忽视的失落,某种程度上来说,没有被对方重视和你很逊,是两件不必要画等号的事,所以,请放宽心。

# 先独立才能打成一片

来自听友【月明星稀_uh】的信件：

小南，大学如果要到省外去，我该如何面对失望，18年以来一直在钦州和南宁打转，也舍不得离开爸爸妈妈，心好烦啊！我该怎么办。

舅舅病了，从老家的医院来到了南宁，原本高大强壮的舅舅变得瘦骨嶙峋。每每这种时候最害怕的就是家人的叹息。昨天南宁地震了。今天可以说是悲喜交加。

妈妈陪我逛了一天的街，应该说还算快乐吧！途中知道表弟要来我们家，那时也没发现什么问题，直至回到家里，估计是听到表弟的声音了吧，难免会想起舅舅来，她哭了。

每到这个时候我也只能等她自己平静下来了。我什么也做不了，好无能。还有几天就开学啦，好悲伤不能经常听小南的节目了。

回复：

当人在思念的时候，事实上，旁人很难阻止，因为连当事人也是不由自主。如果这份思念不耗过多精力，就让它自然而然存在，如果太伤身，就想办法缩短它的时间。

我也常碰到身边的人因为伤心事而落泪，但我几乎不对她们说"不要哭"或者"不要难过"之类的安慰话语，她们可以发泄。

对于她们来说，这会是对悲伤情绪的较好缓解。

离家求学，是人生一门必修课。不管是课业，还是为人处世，都将是你受益的开始。当然，你现在不一定要急着理解透，因为这点，我在当初离家时也并未明白。

2006年上的大学，没有跨省，但终归是过上了寄宿的生活。新生报到当天，父母陪着办理入学手续，打扫宿舍卫生，一直到下午，才作别离开。

而当晚，我就在舍友面前落泪了，情绪没有掩盖好，也觉得想念并不丢人，更夸张的是，这样的失态居然持续了半个月之久。

这几乎是我的一段黑历史，今天将它晾晒出来，也是需要勇气的。

离家第一年，是完成自我修复的磨合期，而后，开始学会从独当一面中受益。

最明显的一次表现，是大二暑期回学校。那时母亲帮忙整理行李，我在旁边表示，自己扛回学校就行，不用家人陪同。母亲不解，我也没有将理由说透，于是两人当天大吵了一架。

隔天，我气冲冲地自己拿着行李回了学校，居然第一次有了成就感。

毕业找工作时，不同城就职是我的首选条件，因为当时的我，太需要历练了。事实证明，我的选择并非任性，也确实有了收获。

人这辈子至少要有一次集体住宿的体验。

身边部分同学，在大学时曾以各种理由搬离宿舍，并于校外租房，过上独居的日子。我并不反对这样的做法，也尊重这样的选择，但我不提倡。

不同的个体，在同个环境下融合，免不了要磨掉些棱角，事实上，这个磨合，在婚姻生活中也受用。

曾经在工作中遇到一个媒体同行，闲聊时，得知他从未有过集体住宿生活，我略带惊讶。他的回复是："懒得照顾别人的情绪。"

当下我没再继续这个话题。

事实上，先前就有从别人口中听闻过对他的评价，如其在团队协作上，并不十分融洽。

就着这个回答，我也似乎理解了一些。

第六章　收信快乐，
展信欢颜（二）

## 习惯不错，继续保持

来自听友【Eric_aq】的信件：

听了好久你的节目，2015年突然节目中断了，也没有任何解释，当时也是感觉有点生气的，可当你回来，再听你的节目时，突然觉得你应该是有很多难言之隐的，这中间你应该也经历了一些事情吧。不管怎样，一个30岁的男人已经有了很多习惯，听你的节目就是一种习惯。加油。

回复：

敲下这些字之前，我刚泡好一杯茶，放上一段音乐，调整好自己的坐姿，虽然这一系列动作和即将落笔的文字没有一点关系，但就好像一定要有许多额外细节的加持，才能凸显自己对正在着手进行的事件很重视一样。

后来我想，这可能是一种习惯。不管怎么样，我也有很多习惯。做节目也是。

所以，隔了几个月，因为这份习惯，我又回来了，也希望你们的这份习惯没有改变才好。

习惯这个东西是有保质期的，它常在喜好方面体现。

身边一位朋友热衷烹饪，即使工作再忙，也会在下班后，赶到超市采购食材，亲自下厨，否则食不知味。一日三餐习惯自己掌勺，混着情绪下锅，营养均衡，咸淡适中。

一人就餐，再配上一部电影，日子过得简单且健康。

隔年有了男友，生活从一个人变成了两个人。

饭量、菜色和口味都随之变化。

曾经从不轻易触碰的食材，居然在对方的影响下，也变得可以接受。

有些习惯，因爱而变。

倘若习惯引发情绪不适，舍弃未必是坏事。

儿时有一个玩伴儿，每次她出门，她的母亲总会往她的书包里塞一把伞，并且再三叮嘱："有雨要记得用伞，太晒要记得用伞。"于是，二十几年来，包换过，身份变过，只有伞一直都在。虽然也丢过，但通常前一秒丢伞，后一秒就会购置一把新伞，样式、花色变化不大，以至于身边的朋友都觉得她靠着同一把伞，走过无数个四季。

前些年，她的母亲生病离世，她就刻意将这份习惯扔掉。

好习惯保持，坏习惯弃之，我敢保证，听节目这个习惯，绝对属前者。

## 少碰那些多项选择题

来自听友【YoungLin_LT】的信件：

小南，如果有一天你发现对的那个人就在你身边，而你忘不了以前那个你爱的，并且已经离开你的她，你要如何选择？

回复：

"对"这个字，可能要分类细化。

你给出的"对"与我的理解可能有些出入。

就我而言，够得上"对的人"这个说辞，起码要有两个条件，一是值得爱，二是彼此都深爱。

显然，我的名词解释与你面临的选择有矛盾。也就是说，你所说的"对的人"，也可能仅仅只是所有人看起来，觉得适合你的人。

倘若只是"适合的人"，我必须让你三思而后行，被这个说辞绑架的人太多，你要顺着心走。

这与是否忘记昔日恋情并无关系。

倘若你两位都深爱，那我有必要给你些警示，红玫瑰与白玫瑰势必不能共存，没有侥幸，也不能奢望。

张爱玲很早就告诉你："每一个男子全都有过这样的两个女人，至少两个。娶了红玫瑰，久而久之，红的变成墙上的一抹蚊子血，白的还是'床前明月光'；娶了白玫瑰，白的便是衣服上沾的一粒饭粘子，红的却是心口上的一颗朱砂痣。"

一针见血，似乎没有给男人留任何情面。那种"从背后抱你的时候，期待的却是她的面容"的行为，实在令人嘲讽。

女人一开始见了这段话，大多纠结盘算着，自己该是成为那抹蚊子血好呢，还是朱砂痣好呢？男人摇摆不定，难以抉择，大致应了那句"得不到的永远在骚动，被偏爱的都有恃无恐"。

但女人多数不会耐着性子久久等待男人裁决，日子一长，两手一撒，不管是蚊子血，还是朱砂痣，统统不稀罕。"年纪轻，长得好看的时候，碰到的总是男人，可是到后来，除了男人之外总还有别的，总还有别的。"

男人扑空，握在手中的，都再次流失于指缝，有始无终。

东西是否重要，没有的人会比拥有的人更懂得。

## 对方没有应答,并扔给你一个故事

来自听友【成了个成】的信件:

小南,我很想知道你是怎样理解人生、爱情、婚姻这三者的关系?

回复:

这个命题作文让我想起了高三时自己抓耳挠腮的样子。为了避免鸡汤文的出现,我决定给你一个故事。

故事的主人公是中共早期领袖瞿秋白以及他的妻子杨之华。

有一句歌词这样形容两人:"曾携手,风雨高楼。知我者,谓我心忧。曾携手,投身洪流。不知我者,谓我何求。"

这段旷世之恋,其间涉及"一个图章,一枚胸针,三则启事"。

十年的婚姻生活,都处乱世中。

人这一辈子,能遇到真正的"知我者",并不容易,而能和"知我者"共度一段岁月,携手走过一段时光,算是难得至极的福分。如果还能活出光芒,那这辈子也就足够了。

十年的"秋之白华",为世人艳羡。

杨之华又名杏花、文君、杜宁,浙江萧山县人,早期由她的祖父做主,嫁给了社会名流沈玄庐的儿子沈剑龙。

杨之华的身上,确实有无数标签。她的一生中,为捍卫妇女权益,宣传女权意识做出了巨大的贡献。而在这一系列身份里头,除了中国妇女活动家这个响当当的名号之外,让世人为之感叹、为之传颂的还是她与中共早期领袖瞿秋白的这段爱恋。

浪漫到极致的图章、胸针、铜扣信物,到后来轰动整个上海滩的三则启事,都是两人爱情的见证。

结婚,没有戒指,没有玫瑰花,只有瞿秋白送给杨之华一个刻着"秋之白华"的图章,一枚写着"赠我生命伴侣"的胸针。还有瞿秋白对杨之华说的那句:"秋白之华,秋之白华,我中有你,你中有我。"

两人相识在上海大学。

瞿秋白是社会学系主任,而杨之华则是他的学生,是从家乡来到上海寻求民主救国的新女性,当时瞿秋白的才华和风度打动了杨之华。

二人原本都已有家室,无奈瞿秋白的妻子王剑虹体弱多病,因病早逝。而杨之华与丈夫沈剑龙则因理想不同,越走越远,杨之华感觉到自己这段婚姻的崩塌,已经到了难以逆转的局面了。

在改编的电影《秋之白华》里,也有这一幕。

杨之华提笔对丈夫写下了离婚二字，这番行为在当年非常艰难。特殊的时代背景下，女人从来没有选择的权利，即便有了权利，也没有胆量。

所以，杨之华决定革自己的命。

两人能够相爱，从杨之华的勇敢开始。

她白驹一般地飞奔至瞿秋白的家门，只为问他能不能再爱一次。可惜，那一天，瞿秋白没有在家，杨之华的第一次告白落空。

社会动荡，学生起义不断，身边的同学、战友一再牺牲，两人决定将爱意暂时搁置。

一年后，在一次谈心中，在落日笼罩下的桥上，两人有了这样的一段对白。

杨之华：我有好多话想要和你说。

瞿秋白：还是不要说了。

杨之华：我打算离婚。我离剑龙（前夫）越来越远，却离他越来越近。

瞿秋白：他没有你想的那么好。

杨之华：他知道我爱他吗？

瞿秋白：知道。

杨之华：那他喜欢我吗？

瞿秋白：他不敢。

当时杨之华的种种大胆行为，就算以现代人的眼光来审视，也算得上惊世骇俗，但她同时又是一位相夫教子的传统中国女性，有着所有中国女性隐忍、执着、坚强与温柔的美德。

与前夫的离婚，不是物质的嫌弃，不是感情的背叛，而是革命理想的差距。

杨之华想要一个能够与她在这个时代里同进退，共奋斗，为了小家，为了国家携手同行的伴侣。

1924年，是革命形势蓬勃发展的一年，第一次国共合作，风雷激荡，革命活动十分紧张。同年11月27日在上海《民国日报》头版广告栏里，公开发表了三则启事。

第一则是杨之华沈剑龙启事：自一九二四年十一月二十七日起，我们正式脱离恋爱的关系。

第二则是瞿秋白杨之华启事：自一九二四年十一月二十七日起，我们正式结合恋爱的关系。

第三则是沈剑龙瞿秋白启事：自一九二四年十一月二十七日起，我们正式结合朋友的关系。

这三则启事，在当时半封建的社会里确实是闻所未闻的。尤其是第三则启事，瞿秋白与沈剑龙成为朋友，出乎很多人意料。而至于启事中所谓"恋爱"，就是指结婚。

作为前夫，沈剑龙怎能不爱杨之华。

一个男人需要怎样的宽容和气度，才可以忍痛、平静地对妻子说："我在意你，我理解你，我爱你，你都懂，所以你的一切选择我都会成全。"

1924年，杨之华在瞿秋白的陪同下回老家萧山，和前夫沈剑龙会谈。在那个午后，沈剑龙看着娇妻幼女在屋外欢笑，忍痛割爱，写下这样的诗句。

"避人五陵去，宝剑值千金。分手脱相赠，平生一片心。"

夺妻之痛很少有男人咽得下，而沈剑龙却还是以诗句放手祝福。虽然字里行间难逃酸涩却也不失儒雅气度。

好在瞿秋白也是平和之人，他也提笔为沈剑龙写下了这样的诗句："常恨语言浅，不及人意深。今朝两相视，默默万重心。"

两个男人在提笔写下这些的时候，有多少人羡慕着屋外的那个女人。

命运让他们相遇，却并没有给予他们长相厮守的条件，这是大时代的命运，每一个人都逃不掉。

当年这三则启事的公开登报，也是一种向反动势力的公开示威。因为，在登报前的二十多天，也就是1924年10月10日，上海反动军阀当局下令悬赏通缉瞿秋白。虽然反动军阀和帝国主义者千方百计地搜捕瞿秋白，可是，瞿秋白和杨之华仍然并肩战斗。

1925年1月，杨之华在中国共产党第四次全国代表大会上当选为中央妇女部委员。同年10月接替向警予任中共中央妇女部代部长，并兼任中共上海地委妇女部长，当选为上海各界妇女联合会主任。同年12月创办《中国妇女》旬刊。

1927年，杨之华参加了上海工人三次武装暴动，当选为中央委员，并担任中央妇女部长。

1928年，瞿秋白和杨之华先后去莫斯科，参加中共六大和共产国际第六次会议。此后，瞿秋白独自留在莫斯科，担任中共驻莫斯科代表。

分离期间，瞿秋白与杨之华靠书信往来。

"之华，临走的时候，极想你能送我一站，你竟徘徊着。海风是如此的飘漾，晴明的天日照着我俩的离怀。相思的滋味又上心头，六年以来，这是第几次呢？

空阔的天穹和碧落的海光，令人深深的了解那'天涯'的意义。海鸥绕着桅樯，像是依恋不舍，其实双双栖宿的海鸥，有着自由的两翅，还羡慕人间的鞅掌。

我俩只是少健康，否则如今正是好时光，像海鸥样的自由，像海天般的空旷，正好准备着我俩的力量，携手上沙场。

之华，我梦里也不能离你的印象。"

两人之间经历了7次分离，没想最后一别，竟是永别。

1933年冬天，中央派人通知瞿秋白去中央苏区。之华对秋白的身体不放心，想和他一起去。但之华的工作一时无人代替，只好让秋白单独前去。

瞿秋白悄悄地告别了鲁迅和茅盾，又为之华准备好要读的书籍。之华在秋白的衣服上缝制了一个铜扣，作为送别。

就在一个雪花纷纷的夜晚，瞿秋白踏上了奔向苏区的征途。

两人最后一别，绝望又凄美。

杨之华：你累了？

瞿秋白：我们分离6次了，不知道为什么，这一次是最不舍的。

杨之华：我知道，你在想他们。

瞿秋白：其实，你不用这么美丽，有你的智慧就足够了。其实，你也不用这么智慧，有你的勇敢就足够了。我走了。

杨之华：再见，我们一定能再见的。

瞿秋白：每一次分别，你都很平静，可我还是不敢看你孤单的样子，我从分手的那一刻，就期待着和你的重逢。

那时，两人都不知这会是永别。

1935年6月18日，瞿秋白在长汀英勇就义。

瞿秋白遇害后，之华的母亲将他的最后一封信交到了之华的手中。

"想来，你们一定从报纸中看到了我的事，我就要与你们永别了，之华是我平生知己，我要留最后一封信与她诀别，可能她已经被捕，你们不知道她的下落，那么就请你们把它放到叶圣陶先生那里，作为他写小说的材料吧。"

她无限珍惜与秋白的爱情，此后决定不再嫁他人。

有人问之华："在革命战争的年月里，丧偶是经常发生的事，有些人重新结婚了生活得很幸福，你为什么不再结婚呢？"

之华的回答是："这样不是由于我封建，这是因为我感到没有比秋白对我更好的人了。"

## 也别一提梦想就觉得俗

来自听友【彼岸的那朵花儿】的信件：

你好啊，小南姐，我以前有跟你聊过。不知道你还记不记得我？我是广东的，学美术的那个女孩，以前总是听你的节目，以前经常跟你说晚安。考完高考，要准备单考。准备去考厦门的学校。现在在潮州这边学。

6月份就要文化课高考了。你们那边冷不冷嘞？注意保暖哈。我们这边挺冷的。

回复：

都记得。不管是话，还是画。

微博的私信里，收到了好多张课上的练习画，素描居多，也有一些路边的小花小草风景照，也记得当时问了我，是否要把画画这个理想坚持下去。

询问时，还未参加高考，对于一切未来，仅有些轮廓样貌，实践的决心还在累积中，如今再收到这些文字，发现小姑娘的心愿居然已践行了一半，我很欢喜。

我身边有很多画画的友人。

高二的同桌money，就是其中一个。

她不是从小学画，甚至起步得有点晚，高一下学期突然有了这个念头。

"你确定你不仅仅只是为了背个画板图个好看？"我非常惊讶，毕竟当时班上还有三个美术功力了得的女生，她们在小学时期就出入少年宫书画班，素描、水彩、油画各有强项。

"当然不是，我打算报考美术专业。"她笃定地确认了这个选择。

于是我信她了，毕竟眼神给得太诚恳，我几乎把她的话放进了心里。

高一的暑假，她报了基础培训班，从素描学起，整个假期，都泡在画室里。开学的第一天，就拿出了一叠作业让我给意见。

"你知道我不专业的，能看出什么来。"嘴上虽这么说，但我还是很认真一张一张顺着往下浏览。

"怎么样？怎么样？"她在一旁，急切需要得到答案，确切来说，应该是需要得到肯定的答案。

我清了一下嗓子，故作深沉："说实话，你还挺有天赋的。"

那天从我这里得到鼓励后，money小姐更卖力地作画。画工渐长，文化成绩却一落千丈，虽然也从来没有好过。可是当下，money小姐的眼里只有画画，其他琐事统统自动屏蔽。

我实在看不下去了，终于选在月考成绩公布当天，语重心长地对她训了些话。那一刻，她倒把我的话听进去了，但我也同时把自己搭坑里去了。

"帮我补课？好不好嘛？好不好嘛？"

撒娇女人果然最好命。

高三上学期，她与班里几个学画画的姑娘一起到杭州上考前辅导班。很长一段时间，我旁边的座位都是空着，久了，开始有点想念她。

我也开始思考该我自己需要努力的东西了。

临考的前几个月，她从杭州回来。小别胜新欢，一些外地求学的趣事儿分享，也冲淡了点考前的紧张感。

再后来，她考上了厦门大学的美术专业，成为了朋友口中的励志少女。

所以，大家都注意了，梦想不能藏着掖着，以前是，以后也是。

## 遥想当年，雄姿英发

来自听友【神采飞扬_vw】的信件：

谢谢你！听你的节目让我有十几年前一个人趴在小收音机边的感觉。

回复：

抓到一个广播情怀携带者。

十几年前，我也如此。当年，我的好友菲有一个迷你收音机，整体造型与酸奶盒无异，两人时常周末待一起，收听各种广播节目。

初一那会儿，我们这边的城市广播有一档点歌节目，中午时段播出，名字叫《午间音乐茶座》。

那个年代，点歌只能通过书信。一封信要走上好几天，倘若想在特殊的节日里送出祝福，就要提前几天动笔。信寄早了，怕主持人时间一久忘掉，寄晚了，怕赶不上播出的日期，纠结与期待总是并存着。

在菲生日的前几天，我就已将书信寄出。当年，她酷爱小刚，歌曲的点播自然是由着她的喜好来。

真到了生日当天，在主持人读出那些词句的时候，我俩都激动得不行，这种被翻牌的心境不亚于中体彩。

后来带着这份情怀，在多年后从事了这份职业，这其中还赶了好几趟巧。

比如我就职的频道，就是当年的城市广播。

比如当年《午间音乐茶座》主持人安琪，如今是我的上司。

时常听同行前辈谈起 80 年代、90 年代广播的盛况。

每一天，节目组的办公室都会收到无数封听友来信。夜话类与音乐类节目主持人最受听友欢迎，所以她们得到的情感反馈也是最多的。前不久清扫办公室，还在抽屉里找出了几十封已经泛黄的信纸，字迹已模糊，收件人更是多年前早已离职的主播们。

能知道这些前辈名字的，如今应该年岁不小，城市广播的成长少不了他们的陪伴，这道电波更为重要的意义，就是让他们记住了自己青春的样子。

不管是提笔书信的样子，还是躲在被窝打热线的样子。

2014 年我和同事主持过一档全民 K 歌的热线节目，三部电话时常被打爆，导播的接听工作就变得忙碌起来。节目组的听友群一个接一个组建，一到节目直播时间，大家即使再忙，都会将手头的工作搁置一边，抢着热线进直播。

等待热线的空当，就在线上节目群里，与其他听友打成一片。某位听友在群里说了句："感觉像一个家"时，其他人纷纷应和，表示同感。

隔年，频道改版迎来了节目的新旧更替。节目撤走后的一年多，一次和友人在商场的专卖店闲逛，一位店内导购员认出了我，作为老听友，兴奋寒暄之余，还留有对这档节目的怀念和不舍。

为此，我们只能通过频繁的节目线下活动，来弥补些遗憾。

其中，属听友见面会的呼声最高。

这项活动搁在 80 年代、90 年代，几乎是轰动全城的事件。多年后几位前辈口中再次提及，依旧挡不住特有时代赋予的自豪感。

"当时的见面会地点就在中山公园，那个队伍啊，整条新华路几乎都要挤满了。"

"哎哟，还有把家里的黄金首饰都送上来的，把主持人给吓的。"

"台历，每个主持人轮番签名，一拿出来，就抢光。"

"还有拿笔记本过来要签名的，可热闹了。"

时过境迁，往昔是否留有清晰印记并不重要，但不可否认的，是那段属于他们的黄金时代。

有些话，我们坐下再说

## 欢迎想念打扰

来自听友【清新一下午】的信件：

真的好想好想爷爷，可惜他已不在了！人是不是真的只有失去后才珍惜！

来自听友【四年____】的信件：

在漳州的夜，半夜梦醒，梦见已经离开的爷爷，后悔年少过往，心痛与想念。想起你之前也有过的一条微博，我想应该感同身受。

回复：

刚刚又回过头将这条微博翻阅出来，发出的时间是2015年6月11日凌晨4点30分。

"这是你离开之后，第二次梦见你，依稀梦境里，夏天你身着白色背心的模样，我估摸着十八九岁，赖在你怀里，双手绕着你发福的大肚子。此生遗憾越多，伤怀越深。"

从那以后，我还陆陆续续梦见过几次，醒来后，梦境也都还清晰。

在我的成长里，他参与了许多宝贵的年岁。

我的学生时代第一次，也是唯一一次参与的运动会，是他来现场陪我的。拿一瓶健力宝，站在人群里，为我加油。小学二年级，4×100米接力赛，我被临时从第三棒调到了第一棒，因为赛序的不适应引发的紧张，鸣枪后迟了一秒起跑，导致整组成绩倒数第一。

班主任对我很是生气，责备了几句，哭的时候，只有他在旁边安慰。

小学三年级，在课堂突发高烧，吐得一塌糊涂，老师慌了，让我回家。我一个人背着书包，艰难走到校门口的一家小卖部打电话，记事后背的第一个号码，是他的。通完电话后，又吐了一阵，小卖部的老板不忍收我话费，还倒了杯水，拿了把凳子，让我坐在门口，等着家人接送。后来的意识已渐模糊，只记得他骑着自行车，反复叮嘱坐在后座的我，务必要抓牢他的衣角，不能睡着。

在我已工作多年，因为出水痘而请假回家的一次休养中，他带着年迈的身躯，步履蹒跚地到菜市场买了一些苹果，打算到家里看我。年事已高，许多事情他已并非记得清晰，可小时候的我，最喜欢吃苹果这件事，他始终没忘。

生前的情感陪伴，我大多尽力做到了。倘若还有什么遗憾，那就是，时至今日，我欠他一场属于我自己的婚礼。

也许带着些共鸣，我很喜欢一部电影《我们天上见》。

这是一部关于蒋雯丽的自传电影，是一个老人和一个孩子的故事。但老人不是孱弱的，孩子不是可怜的。电影中，姥爷和孙女蒋小兰相互陪伴了彼此一生中最美好的幸福时光。

电影本不煽情，蒋雯丽甚至为了避免煽情将原声作曲家换成了俄罗斯的，但还是在结尾让人哭得一塌糊涂。

电影《我们天上见》中的主角叫小兰，小兰的故事也是蒋雯丽的故事，不管在戏里还是戏外，蒋雯丽对姥爷的这份思念，都挥之不去。

为此，我还买了蒋雯丽出版的同步书籍《姥爷》，偶尔拿出翻阅。

影片中姥爷因为喜欢兰花，所以给孙女取名小兰，君子如兰，在姥爷的骨子里头，有像兰花一样淡泊，一样雅致。

这是一部用心的电影，里面的每个画面都饱含了蒋雯丽浓浓的感情，但是这点，只要你曾经有过相似经历，都可以轻易感觉得到。

影片中，大多是雨天，雨是蒋雯丽记忆的背景，单纯、孤独、有点沉闷。南方的雨季，总伴随着一些思念。故事里，小兰总是撑着一把伞，不管是晴天还是雨天，不管是白天还是夜晚，就连在梦境里头的飞翔，都有那把伞。

在蒋雯丽眼中，姥爷温和善良，诚恳守信。就像一把大伞。

小兰经常撑着伞，坐在桥上，望着那条承载着思念与寄托的淮河。

淮河分割了南北，也分割了小兰和父母。姥爷在小兰的成长中，同时扮演了父亲和母亲的角色。在小兰的世界里，除了姥爷，其他的亲人只能从照片上看到。

除了小兰的母亲，姥爷的妻儿都在一场传染病中去世了。

小兰也成为他存活的唯一意义。

铁路在影片里出现的频率很高。小兰喜欢撑着伞在铁路边走，蒋雯丽也在铁路边长大，对铁路有很多的回忆，而姥爷又是退休的铁路技工，更重要的一点，铁路也是通往小兰爸妈所在的地方新疆。

小兰有个很好的姐妹，叫小翠，在欢送小翠上山下乡的那一刻，姥爷想到了小兰，如果没有一技之长，就会下放到农村，离开自己，如当年的女儿一样。

一个偶然的机会，小兰发现，原来有个体操冠军也姓蒋，可她从来不会被同学扔石块。于是，她决定做第二个冠军蒋绍毅。

第一天进体操班，魔鬼式的训练就开启。

压腿是第一项。教练动作略带粗暴，小兰哭得稀里哗啦，姥爷不忍心地别过了头，默默地在小兰的周边来回走动，并且模仿孙悟空斗小兰笑。

一阵心疼后，姥爷练体操的心动摇了，但小兰决心坚持。

没有体操服，姥爷自己缝，没有体操鞋，姥爷自己做。童年时期，姥爷帮小兰洗澡，假冒父母给小兰念自己写的书信。少女时期，姥爷帮小兰缝制月经带，在一次小兰乘坐火车离家出走失败后，生怕小兰做傻事，在夜晚睡觉的时候，将两个人的手腕绑在了一起。

一次山洪中，小兰最好的朋友小翠离开了她，年幼的小兰第一次知道了死亡。

影片中朱德委员长的去世，还有兰花的枯萎，以及姥爷的老去，几乎是同时发生的。那个冬天姥爷病倒了，一直撑着伞的小兰从此不再打伞，因为她知道，现在的她必须要成为姥爷头顶上的那把伞。

姥爷病倒后，小兰似乎一夜之间长大。

姥爷意识衰退后，小兰拿着深绿色的画笔，在墙上顺着枯萎的兰草向上继续勾画新生命。

姥爷胃口不好，不想吃饭，小兰拿起小时候的戒尺示威，姥爷才微笑张开了嘴，吃下端过来的饭菜。

冬天的尽头，在一个雨季里，姥爷还是走了。

那把伞，随着姥爷的离去，消失不见了。

小兰第一次穿起雨衣，站在马路中间，想拦住棺材，最后看一眼姥爷。

但，姥爷的最后一面没有见到，姥爷下葬的情形没有看到，姥爷的爱如山那样壮实，他是一把伞，无论晴天还是雨天，始终被小兰握在手中。姥爷离去了，小兰不再撑伞了，她知道，姥爷已经不再需要伞了。

大树去了天上，以另一种方式存在，那里有他的亏欠，也有他的牵挂，他必须将这份遗憾补全了。

曾经小兰问姥爷："那人死了以后都到哪儿去呢？"

姥爷："好人在天上，坏人在地下。"

小兰："那我是好人还是坏人啊？"

姥爷："帮人做好事，不讲瞎话就是好人。"

## 听歌的人总是很美

来自听友【浅吟着流年】的信件：

听完节目，心底里有些说不出的感觉在丝丝蔓延。有时落泪，女儿会用稚嫩的声音问我：妈妈你为什么突然哭呢？我却只能笑笑告诉她没事，因为没法解释。

今天听说我这里因为维护稳定工作的需要，即将断网，不知道多久才能恢复。非常郁闷，平时工作特别忙碌烦闷，听节目对于我是一种放松的最好方式，马上连这点权利都没有了。我该会多么想念你的声音，想念你选的这些歌呢。

回复：

读第一段文字时，我脑子里浮现的竟是这段歌词。

张学友《她来听我的演唱会》，末了唱道："在四十岁后听歌的女人很美，小孩在问她为什么流泪，身边的男人早已渐渐入睡，她静静听着我们的演唱会。"

当然，你韶华依旧，年岁还不及40岁，但想必节目给了你一些值得回味的东西。

哪怕物是人非，可情绪都还在。

《她来听我的演唱会》真是一部女人爱情的史诗。17岁到40岁，爱恨痴缠。

在17岁的初恋里，和男孩第一次约会，男孩为了她彻夜排队，用了半年的积蓄，买了门票一对。舞台上的歌手唱得两人心醉，三年后独自在月台边，一个人听得心碎。远去的火车留下的汽笛声声在催，几年的感情啊，男孩在给了一封信后就全部收回。

在25岁的恋爱里，和男孩约会，多风光明媚，就连一个笑，都那么美。可是，男孩背着她送别人玫瑰，她知道了，不接男孩打来的电话，整夜整夜地听歌，不能入睡。也许成人了，好似分手都像是无所谓，她和朋友一起买醉，唱唱卡拉OK，那首歌啊，又唱到流泪，还会流泪。

在33岁的恋爱里，和男人约会，嫁娶年龄了，真爱是那么珍贵。可是，年轻的女孩求她让一让位，如同示威，让男人自己决定，要和谁远走高飞，女人苦笑，这个阶段，还有谁的心不知疲倦，还想远走高飞，女人听歌，努力不让自己憔悴，不让自己看起来很累。岁月在听女人唱无怨无悔，在自己的掌声里，唱到流泪。

在40岁的婚姻里，依旧听歌的女人，是那么美。多年后，歌手再次来到这座城市开演唱会，大多是老歌，女人都会。早已过了疯狂抢票、挤进现场观看的年岁，可是电视机转播那些歌时，女人依旧听得落泪。身边的小孩问她为什么流泪，她摇摇头，现在哪还有那么多心碎，刚想说些什么，转头发现，身边的男人早已渐渐入睡。关了灯，把小孩哄睡，留自己一人，静静地听曾属于自己的演唱会。

他唱得多陶醉，她听得多心碎。以前是，现在也是。

不管怎样，听歌的人，都美。

第七章 致美好的你

## 宝宝啊，妈妈跟你说啊

请允许一个姑娘，在她尚未婚嫁成家之时，来一次假想性的提前爆发。

尽管，你还不存在。

于是，就有了深夜卧床敲下的一些话。

"宝宝，床前小儿女，人间第一情。我想，你应该有一个健康的身体和一颗温润的心。在浮光掠影的城市里，你必须是深刻隽永中重要的一笔。在你来到这个世上的那一天起，与生俱来附带的两份爱，都来源于我和你的父亲，告诉你这个，不是要你这辈子都要背负偿还这份爱的枷锁，我只是让你知道，我们爱你，仅此而已。"

我和你父亲给予你的爱，都是极为单纯的，但这并不代表其他人的爱就含着杂质，你记住，你的一生中，还会遇到一个和我们一样单纯爱你的人，如果这个人出现了，请务必把他（她）带回来，别担心，我们只是想单纯地多爱一个孩子而已。

小的时候，你会对什么都充满好奇。河流在奔跑，云朵在舞蹈，风惹了小草，雨亲了小鸟，你在笑，它们在闹。

长大后，你会懂得河流为什么奔跑，云朵为什么舞蹈，但我不需要你一直用较真的态度，来科学地解释这一切自然现象，因为这些文字教科书都会有，可是童趣不再有。

日落晨曦，昼夜交替，这是规律。所谓规律，存在自有其道理，你要遵守，而不是墨守。

南墙撞了会疼，不撞不代表就不疼，扭扭捏捏，唯唯诺诺也是一种态度，别人不能左右你要还是不要，可是如果你要了，就要受得了别人可能投掷过来的冷嘲热讽，这是别人的态度，你同样无权干涉他人要还是不要。不要把自己置于道德的争议点，这很危险，我和你父亲也会很为难。

我和你父亲这一生应该都走过不少弯路，虽然多耗了些时日，可是无疑也多看了些景，多发现了些美。没有人不走弯路，你也要有准备。你不必问我们，哪条路可以走，哪条路不能走，所有的道路，都由你自己选择。

倘若你问我，这条路怎么样？我只会告诉你，可能300米处会有个水坑，400米处会有条分岔道，500米处有家便利店，渴了你还能进去买瓶水。于是你心中有底，兴致高昂地出发了。

也许几个小时后，你很生气地回来了，质问我为什么不告诉你这条路是死路，害你白白走了一遭。

那我问你："300米处水坑大吗？"

"坑早就没了，被路政填了。"你也许还带着气呼呼的口吻回答我。

"那便利店呢？"

"便利店早就搬走了,换成了一家餐馆。"

"所以,这条路还是变了,与我仅存记忆里的样子完全不一样了,不是吗?我必须要谢谢你今天亲自走的这一遭,至少让我知道了它现在已经无法通向别处的风景。"

你若有所思也好,一知半解也罢,我只想让你知道,如果下次也有人问你这条路应该不应该走,你不要用你的经历替别人做决定,你可以阐述你的经验,但实践还是必须交给对方。倘若对方归来,表示了路确实不好走,赞许你说得很对时,你不要扔给对方一句:"我早就说过啦,你不信。"或者"听我的就对了,叫你怎么你又不"之类的,因为这会让人很讨厌。

我们不一定要做一个非常优秀的人,但我们一定不要做让人讨厌的人。

未来,你会结识更多的人,其中部分会成为你的朋友。

可能你会问我:"什么才是朋友?"

我会告诉你:"比如隔壁的豆豆,楼下的欢欢,或许还有对门的贝贝,他们都是你的小伙伴,也许豆豆爱哭,欢欢胆小,贝贝脾气不好,但是这些都没关系,重要的是他们珍惜你,你也珍惜他们,对不对,彼此珍惜的就是朋友。"

也许你还会问我:"那为什么结识的人中,只有部分成为我的朋友?"

我会告诉你:"因为其余部分的人要成为别人的朋友,这很公平。"

我们希望你以后做个好人,而不是老好人。当然,这很难,我和你父亲也许一辈子也没办法在这点上做到完美,但是我们尽力,也希望你跟上。

人是个复杂的动物,复杂与复杂之间的相处,自然不会简单到哪里去,不能过于谄媚,也不能过于冷漠,更要知世故而不世故。

听完后,是不是觉得好难?可是难,也是人生一大课题,你不能因为害怕,而不去面对。

人生里,摔倒是常有的事儿。从你小时候学走路开始,就不停地摔跤。摔破皮,折了骨,都很正常。怎么长大后,跌倒一次,就如临大敌,自暴自弃。你现在的健步如飞,都是小时候无数次摔跤,无数次挣扎着站起来继续才累积的。长大后,怎么就把这个本能丢了呢?我想你不会,是吗?

人生会有点苦,可是也会有人给你糖。

人这一辈子,至少会有一次因为失去而深夜痛哭,因为得到而彻夜欢呼。平平淡淡是真,起起落落也不假,知道这是个规律就行,其他的等来了再说。

喜欢和爱,是这个世界上最不科学的情感,来势汹汹,去时匆匆。我既希望你会有,又害怕你会受伤。每个人愈合伤口的能力不一样,就连我和你父亲都帮不了你。

久病成良医在感情里是最残酷的,因为这会让你长久失去心动的能力。别太折磨,你不疼,有人会替你疼。

揭下一张寻人启事,就得守江湖规矩,寻对了人就得把人带到底，这叫责任，寻错了人就得把告示重新粘回去，这叫道义。

　　谦让是个好品德，可是感情里不需要它，喜欢就要霸道地拿过来，在别人伸手抢夺的那一刻，狠狠地拍回去。

　　乍见之欢，久处不厌，前者是爱情，后者是婚姻。

　　说了这么些道理，也不是想让你从一开始就活成个明白人，因为很多事情，没道理的，我就这么一说，你就这么一听，一切随心。

## 虽遗憾杀青，但总归谢谢参与

一生中，我们可以参加很多场葬礼，除了自己。

大人忌讳"死"这个字，所以有些文字，也许大人看了，会硌眼。如今，生离死别也看过了几场，世易时转换来一场又一场物是人非，日往月来，果真后会无期。

凡事都有到头的时候，时间也会推着你越过去，求饶都没用。

高中那会儿，参加过隔壁班一个男同学的葬礼。他的名字，我已忘了，只记得当时结束了中考，紧挨着的暑假过得潇洒且轻松，几个老同学都相约着早晨6点钟上山打羽毛球，他也在其中。

彼此的交情仅限于见面点个头，留个笑容。这一个多月里，我甚至连一场球技都没有和他较量过，更没说过一句话。

暑假过后，大家上了重点高中，分散在不同的班级里。不到一学期的时间，就传来他得病回家休养的消息，再不久，就是他去世的消息。

所有人都来不及做情绪缓冲，就要奔赴他的葬礼。

出殡那天，我去了。

站在巷子口处，就看到了庭院旷地上搭设的灵棚，摆放的桌椅上备满了茶水、纸烟招待送葬的来客。供桌的四周挂着白布，正中间安放着棺材和灵牌,两侧堆满纸屋和花圈。旁边站满了诵经的和尚、道士,以及吹着悲哀曲调的乐队。

闽南地区,"出山"是丧礼中最隆重的仪式。

如果子女先于父母死亡,起柩时,父母还需手持竹枝鞭棺,责其未能尽奉养至终之责。

紧接着在阵阵诵经声和哀乐声中,灵柩徐缓前行。

抬棺者神色沉重,孝男群跟随棺侧,沿途哀痛哭泣。

在这个仪式里,他的母亲哭晕了很多次,拉着许多同学的手,不停地说着生前来不及做的一些事。

前段时间为其买的滑板裤还来不及穿,就一并烧了去。

棺柩还未出巷子,街角的一家音像店居然就响起了一阵舞曲。

在场的男同学一边嘴里骂着:"靠。"一边脚丫子撒开了往店里冲,没过一会儿,舞曲停了,只留下唢呐声、哭声,阵阵钻进耳中。

后来,棺柩从我眼前抬过,我是怎么也无法想象,两个月前,那个胖胖的小男孩,就这样没了。

那是我第一次真切感受到,人生无常四个字。

上了大学后,一次偶然听说,男同学的妈妈前些年怀了孩子。时隔多年,我宁愿相信是他让这份未完成的爱,经过几道轮回,重新回家。

没有人教会我们面对死亡。

真正令我在葬礼上痛不欲生的,是2015年,外公的葬礼。

大四毕业那年，外公做了第一次手术。那时我的行李都还放在学校的宿舍里，连着送走了五个室友，整个人还未能完全从离别的不舍中抽离，就又陷入手术室外那种更为可怕的未知等待里。

好在，这次手术很成功。几位阿姨和母亲安排了各自的陪护时间，我随母亲，晚上睡在隔壁病床上，白天照顾外公起居。

出院后，送外公回县城的老家休养，我则留在了这个城市，租了个房，找工作。

外漂的这些年，工作一直很忙，只能偶尔趁着周末回去，看看家人。实在抽不开身，一通电话里得知身体无恙，也能把心暂时放一放。

2015年1月是个加班月。各种杂事都在周末堵着，几乎抽不开身，可是那天，突然就想什么也不管，撂下一摊事，跑回家。

日期是1月17号，周六。聊天时一如往常，身子也无异样。临走时匆忙说了句："下周再回来看您。"

没想到几天后突发的心肌梗死，让17日这一天成了永别。

接到电话那天，是22日。

晚上20点多，我在直播室做直播。趁着半点广告时间，出去倒了杯水，随手拿起导播桌上的手机瞧了一眼，居然有好几个家里的未接来电。

回拨时，突然没来由地恐慌和不安。

电话里，家人隐瞒了事实，只是简单说了意外在医院抢救，着急让我下节目后打车回县城一趟。

挂完电话，当下，心开始慌乱。猜测各种不好的情况，但是妄不敢往最坏的边上靠。熬完剩下的半个小时直播，向总监请了假，就快速奔下楼，意外在大楼门岗处看到了父亲。

他打车从县城过来，等着接我一起回去。

那一刻，我已觉得异常。

上车后，父亲对着司机说的地址，是外公家的住址，而并非医院。

"为什么不是医院？"我很惊讶。

"嗯，不去医院了，咱们回家。"他眼神有些躲闪，回答略显含糊。

"不在医院抢救吗？为什么回家？"我不相信，在路上又反复问了多次，得到的答复都是一样的。

接下来的几分钟，两人都沉默不说话，我在副驾驶上，脸色沉重，回家心切。

快到家门口时，电话突然响起。

来电显示的是表妹，她在外地上学，兴许是想问清家里的情况。

刚接通电话，就听到她话里的情绪不对："你到家了吗？"

"快了，再过几分钟就到。"刚想继续说上几句，就听到她在电话里说了句："外公走了。"

那一刻，我脑子一片空白。"走了"两字就嗡嗡作响，在耳边散不去。

挂了电话，转头问父亲："你们知道了是不是，很早就知道了，对不对，怎么不告诉我？"

我没控制自己的情绪，对于家人这番所谓的好心隐瞒，我满是责备，并且态度很糟。

父亲有点慌，不知如何向我解释。

车子很快就在小区门口停下了。我几乎是拉开车门冲着出去的，父亲着急付了车钱，追了上来。

一路狂跑，在接近楼道时，就听见楼上传来的哭声以及和尚诵经的声音。

我无法接受进门时，看到的是已经闭上眼睛的你，家人抱着你哭吼的样子，你统统看不见，当下过几天就是除夕夜，再过几天，就该过生日了。

而你不在，一切都毫无意义。

早年漂泊的日子赋予了他骨子里坚强的一面。

9岁那年，他的父亲病逝，母亲卖掉了老房子改嫁，从此没了家。一个人在外流浪好些年，17岁参军入伍，出入战场，杀伐决断，锤炼出一身军人的傲骨，却也能在面对我们这些孩子时，格外温柔宠溺。

他的葬礼依照闽南民俗，办得规矩。盖棺时，延请和尚道士诵经做功德，火化那天，我就站在炉口旁，看着他一点点被火吞噬。

当天，即使是炉口扫出的那一堆白骨，也没能让我缓过神来，直到墓碑上刻下他的名字，我才意识到，他是真的走了。

这种永别，大概就是，我想你，但怎么样都不能去看你。

后来尝试着安慰家人包括自己，命里有定数，倘若今世缘分已尽，必须归去，也只能是归去。年迈时离开，总算也享过天伦之乐，这样安慰，也大致能让自己的悲伤在几年后，终于妥协被安放。

前几天接了个电话，是我对接了三年的白血病患儿小斌的父亲打来的。

电话里说，孩子病情加重，走了。我在电话这头，难过不已。2013年，频道为这个城市的十几个白血病患儿募集捐款，线上线下活动都得到社会的关注。

每个主持人对接一位患儿，跟踪报道采访。很长的时间里，我们奔走在医院、电台、各个社区之间，尽媒体所能，筹集更多善款。

早年中山公园的募捐义演还未在记忆里散去，就已经有几位患儿在隔年陆续离开。当年小斌的情况在孩子群里较为乐观，孩子的父母亲务农，为人十分朴实。

2014年，孩子从县城赶来市医院治疗，我买了些东西，陪他在医院过了圣诞。2015年进行新一轮的化疗时，我和孩子，以及他的父亲母亲也都还碰了面。孩子去年的那句"小南姐姐"犹在耳边，如今，不管对自己如何好言相劝，也终究觉得面对真相这个事儿很难。

跨越生死是场有去无返的异地之旅，单程车票在手，所有人都在候车大厅，等待发车。果真到那时候，我会不忍送别而对身边的爱人说一句："还是我先出发吧。"

很少人会在活着的时候，想着自己的葬礼应该如何操办，毕竟晦气，其实说到底，也就和立个遗嘱没有多大差别。

倘若还得想对谁说些什么，到最后，那一定是和自己的爱人。

"想着这一生牵你的手举行婚礼，最后却留你一人参加我的葬礼，到底是自私了些。那时我们的父母可能早已离世，孩子们应该都已成家，我心中自是无牵挂，唯独对你。

但是会妥善安排好一切再走，不至于走得那么匆忙，连一句道别的话都来不及有。

没有准备好，怎么能走，我还没告诉你，门锁要用力下压多次才能锁紧，垃圾车一天只会经过小区两次，床头左边的灯经常烧坏得多注意，你喜欢的那款饼干只有在巷子口左边的小卖部里才有。

离开前会好好告别。

虽说念念不忘必有回响，可是你我都知道，这次这响，是回不来了。"

## 我系个鞋带就追上来,可是你们别走太快

生老病死,生才最难。

如今,和父母隔着三分之一的人生,但我始终不敢走得太快,我怕当我走完人生的三分之二时,他们就不再上路了。于是我小心翼翼,慢慢踱步,落远了,再小跑几步,即使追不上,远远看着,心里也踏实。

长大后很少撒娇,也说不上一些肉麻的话。

前几天母亲来看我,买了好多排骨、瘦肉、水果、蔬菜,细心分装成许多小袋,并且将它们收到冰箱里。她了解我的马虎,知道我对饮食不上心,加上工作原因,饭点不准时,就这点,她和父亲很是头疼,担心我身体不好,这么些年,我也确实落下了慢性胃溃疡的老毛病。

一人在外,食宿总是简而化之。

母亲小住的那几天,我中午只要下了直播,就会立马从单位赶回去,少了很多拖延并发症,我知道她会煮好饭,站在阳台看我什么时候出现在小区门口,然后算准时间,准备盛饭,迎接我进门。没等到我回来,她绝对不动筷,我怕她饿着,不敢耽搁太多时间在

路上。我珍惜这样的短聚和陪伴。

进门有饭香，这才是家。

退休前，母亲吃了好多苦，小时候赶上了上山下乡，为了减轻外婆外公的家庭负担，小学时期就主动休学，从城市下放到农村，下地干活，帮带弟妹，后来一家子得以返城，分配到了我们小城镇的一家国企，再后来，认识了同厂工作的父亲，再后来，有了家，有了我。

退休后，除了没上班，其他事儿也没少闲着，喜欢干净，家里总收拾得一尘不染，来小住的那些日子里，依旧对我的公寓保持着这份喜好。

她午睡的时间不长，但总希望我赶紧多补眠，说得最多的就是："上早班那么早起，好辛苦，睡眠不够不行的。"

于是我就真的睡了一个下午。

醒来已经是傍晚的5点多了，我见她一个人坐在沙发上，很安静地看手机上的新闻。夕阳余晖从背后洒了一些在她身上，略显孤单，让我在那一刻好想抱抱她。

她识字不多，自从教会她使用微信，用一些手机APP看新闻资讯和视频后，她会像个小孩一样，将所见所闻饶有兴趣不停地说给我听，然后再和爸爸一起讨论得很开心。

一次回家，偶然提及微信可以视频，他们表示想学，于是我就顺着简单的方法，教了几遍。隔天我回自己公寓，当天晚上，就看到母亲发送过来的视频请求，我惊讶于她对新科技的接受能力，她倒觉得在这方面，自己比父亲聪明，于是自豪写了一脸。

微信可以视频这件事情，就像是给了他们一颗定心丸。倒不是监督我的生活，从小到大，他们对自己的教育依旧信任，信任自己的女儿，尊重自己女儿的选择权和判断力，只是这份牵挂，加上我是女儿身，多少放心不下。

闽南地区家家户户大多供养神明、佛像，离家前，母亲就会点上一根香，让我在神明前拜一拜，她自己会虔诚地祷告一番，才安心送我出家门，再由父亲送我到公交站台。

每次她想我了，就会在前一天晚上的电话里问我是否方便过来看看我，我自然是希望她过来。倘若有朋友会来做客，她会主动避开，然后说："年轻人好好玩，我在你们反倒不自在了。"

在得到方便的答复后，隔天她会自己坐公车带着一堆东西过来，在离我公寓最近的站台下，接着步行走上20分钟才能到达公寓，一旦碰上夏天，一趟下来，整个背都是湿的，我是心疼的，于是告诉她以后打车直接到公寓楼下方便，她总说："公交多好啊，便民又省钱。"

她手里的公交卡是我给的，虽是单位福利，但我平常出行坐公交的机会不多，刚好她需要。

"可是那路多远啊，这样吧，车钱向我报销，花我的钱。"

她不同意："赚钱那么辛苦，不能乱花，每月得还房贷，应该攒起来。花在该花的地方。"

我拧不过她，只好继续同意她搭乘公交。

偶尔临走前，她也会说："等你嫁人了，我就不用过来了，有人照顾，我也比较放心，你们年轻人有自己的空间，我们都懂的，不会打扰你们年轻人。"

听这段话的时候，眼泪猝不及防，在她不注意时，被我快速抹掉。

家里的小区住着几个高中老同学，除了我，大多已成家生孩子，偶尔他们出门买菜碰上了，就会停下来唠叨家常，逗逗小孩。

每次他们向我复述这段叙旧场景时，我听得出语气是羡慕的。

对自己的慢半拍人生，我是内疚而亏欠的，可是岁月你别催，该来的来，该给的我给。花期未到，风声未起，我也相信总会有花香浓、会到风吹起，没有什么不可以。

父亲在男大当婚女大当嫁的问题上，则一直顺我、依我，对于这点，我甚是感怀。

前段时间，崴了两次脚，一次是在自己的公寓里大扫除，从桌子上下来时，一脚踩空，摔了下来，第二次则是一大早在广电大楼一楼大厅处滑倒。两次间隔时间不超过半个月，当下左脚脚踝严重肿胀，下不了地，于是请了病假，回家修养。

那几天由父亲背着上下楼，这一趟趟下来，明显觉着他吃力许多。

我趴在他背上，一阵酸楚，问他："很累是不是？"

他说："不会，就你的体重，我才不累。这几年体力活干多少了，不累不累。"

但，他的气喘吁吁出卖了他。

这些年，为了这个家，父亲尝试过各种糊口的体力活，苦累不挂嘴边，闲暇时最喜欢谈古说今，关注时局政治，回忆年少往事。

偶尔提起他的父亲，总会流露些感慨。爷爷在我未出生就因病离世，生前写得一手漂亮毛笔字，谈起这项雅事，父亲是自豪的。

在我看来，父亲虽不擅长毛笔书法，但钢笔字却是写得极为好看。小时候家里最多的就是他从书店淘来的钢笔字帖，课余时间就督促我练习，只可惜直到如今，我也只做到了书写工整而已。

这些年，离家读书、工作，偶尔周末回家住个一天，就得离开了。因为职业的关系，小长假不作休息，照常直播，一年到头，只有年假、春节假期以及国庆长假，见他们的次数自然也就不多。

一年冬天，我们三人窝在沙发上看春晚，那年王铮亮在晚会里，唱了《时间都去哪儿》，我盯着屏幕，情绪随着歌曲走，无意间一转头，就看到父亲坐在沙发上，红了眼眶。

后来我才知道，他思念自己的父亲。

那些离去的人儿，又好像没有真的走远，他们挂在胸口，像刀子一样，久久地刻上一笔。

那天，父亲感慨了很多往事，也说了许多我未曾听过的话语和想法。

其中一件是他带着歉意告诉我的。

据说曾有一次，他站在马路边，看到一些年轻人带着自己的小孩出入各种西式快餐店，当下那一刻，他觉得好难受，觉得特别对不起我。

"在你小时候，家里困难，为了还房贷，省吃俭用，很亏欠你，没能给你一个富足的童年。"说完这话，他低头很久。

其实，我想让他心安，我要谢谢这个不富足的家，给了我最富足的爱。

小时候，因为经济条件不允许，我没有太多的课外读物和玩具。上小学二年级那会儿，学校门口的小巷子经常卖各种玩具和学习用品。有段时间，班里的女生之间流行芭比娃娃，金发碧眼，特别漂亮。

当时班上几个和我要好的女生都买了，我连着好几天梦到了自己也有一个芭比娃娃，可每次醒来都落空。想要却不敢开口，心心念念一段时间后，终于忍不住和父亲开了口。

一开始，他以为我任性，批评了这种跟风的坏毛病，我哭了，紧接着好几天都未曾提及。一次周末，班上的几个女生来家里玩，并且她们把自己的芭比娃娃也带了过来和我分享。

隔天周一，父亲送我去学校，路上问了我："芭比娃娃一个多少钱？"

我没太领会他问这话的含义，带着些许无奈的语气回答："可能比较贵，要5块钱。"

90年代，5块钱不算小数目。

到了学校，他从口袋里拿出5块钱递给我，告诉我："今天放学挑一个好看的娃娃拿回家。"

那天，我简直开心疯了。

感觉小心愿终于落地生根了。后来它也向着阳，顺着年岁的藤丫，长成了大树，为我遮去了些风，挡掉了些雨。

记得大学刚毕业那会儿，找工作的压力令我萎靡了很长一段时间，当时在面对很多未知、委屈的事情后，我关在了自己的世界里，断了和同学朋友的所有联系，唯一的通话也只是和家人报个平安。

一次通话，与母亲有些情绪上的不愉快，并且起了些争执，于是就听见母亲在电话里头情急之下说了一嘴："已经半年多了，你看着办。"

"半年多"，是指工作没着落，我外漂死撑不回家的长度。接着我就听到电话里父亲指责母亲的话语："怎么和孩子说话的，这话能说吗？"

我说不上什么，默默挂了电话，在房间发呆了一下午。晚上一个人骑车在江滨路放空，一切动作、表情都是毫无情绪地机械化进行。

很晚的时候，接到了父亲的电话，电话里他说，你母亲特别后悔说了那种话，一定要向我道歉。

他小心翼翼照顾我的情绪，说了许多人生道理，还有鼓励的话语，让我心安，并且表态找不到工作，尽管回家，家里养我一辈子都行。

后来我才知道，那天，他特别怕我想不开做出些傻事来，心急如焚，又怕打扰到我，不晓得要用何种方式给予安慰。

我消化了许多坏情绪,给了他一个保证,告诉他,我会证明我自己,给我些时间。

而今,他觉着这份保证实现了,并且成为他口中的另一份骄傲。

对于我,有生之年,想着多陪陪他们看看这一世春光,捉到几缕是几缕,天昏地暗之时,能够派上些用场,我也能了然。

# 你好陌生人

墙面上的画好看，宣纸上的诗好赞，大家攒成一团，徘徊来往，都很欣赏，唯独忘了提及钉子很牢靠，墨水也挺好。

部分朴讷诚笃的人对我而言，有较强的磁场，所以和这些人闲聊的时候，我会不自觉流露真性情。你们希望生活过得体面，她们觉得过得去就行，重要的是待事的热情和待人的热心不能丢。

她们常认为，撑门面的事，就由体面的人来，自己扛住大后方比较实在。

我遇过很多这样的人，并且打从心底希望自己成为一样的人。

因为早间直播，一周里，我有五天可以见到6点多的街景。三三两两行人，四五六辆车，七八个早餐点，凑成了一幅"早上好"的光景。早餐车里的东西品种很多，豆浆、馒头、包子、酸奶、煎饼、油条，我会每天从里头挑选，凑个两样，再到单位打卡直播。

我经常光顾同一个摊点，倒不是这个摊点有特别之处，只是一旦有了选择，就懒得换。

应该是性格使然，私底下一般不主动追求一些新鲜感和刺激感，反倒比较喜欢待在习惯和不变里，这会让我觉得自在。

比如生活中有几家固定的小吃店是自己常去的，倒不是口碑至极，只是省去了口味与菜品磨合的工夫，只要管饱了就会觉得这趟消费并不冤。

曾经一次，我决定让这份习惯做些改变，当然也在心里默认了风险。我去的是一家干拌面小吃店。店里人数不多，毕竟不是饭点。后来也证明了这次尝试以失败告终。从此，依旧绕着远路光顾老店。

在一些固定的关系里，通常会伴着些微妙的亲切感。

早出时，会途经小区保安亭，彼此习惯互相示意点头微笑，友好且尊重，到达单位，也总要跟碰面的保安小哥、保洁员阿姨互道"早安"，赠予彼此一天里的第一份问候。

我几乎会和固定光顾的早餐点阿姨混得很熟，每天早上7点的直播，赖床，梳洗，最迟6点40分就得出门了，到达摊点时，偶尔会碰到一群学生、一些晨练的大爷大妈挤在餐车前挑早餐，这一片背影，一时半会儿散不去，对于我来说，时间紧迫，大多是等不起的。

每次到达餐车边上，我几乎都会远远喊声"阿姨"，打个招呼，不管她事先有没有瞧见我，我就想礼貌地刷个存在感，通常这个时候，阿姨的目光都会直接越过人群，送来笑脸："小妹，今天要什么呀？"

我开始点餐，末了附上一句"谢谢阿姨"和一张笑脸。

然后她会快速从车子里拿出冒着热气的早餐，装进塑料袋中，并且一脸歉意和其他人说："你们等一下哈，这个小妹要上班，比较着急，我先给她，很快就好。"

于是心里就有一阵暖流淌过。

等待找钱的时候，她会边取零钱，边叮嘱你："小妹，早餐记得要拿，不要落下了。"

每次接过钱和早餐时，我都会感怀这份提醒，暖心回应："谢谢阿姨。"

这份温暖足够裹上一天，幸运的是，有时一天内能够遇上好多份。

因为中午有直播，所以午餐通常要拖到13点后才能进行。小区楼底下有一家快餐店，午餐时段通常营业到下午14点，虽然菜已凉，但饭店老板通常会主动帮我加热。回家的路上，我总会进这家店买份餐，提上楼。

久了，店里头的阿姨就会关心起来："小妹，怎么每次都这么晚才吃饭，胃很不好的。"

我笑笑，解释道："是哈，可是每天都13点才下班，没办法呢。"

"哎哟，那很辛苦的，要带些东西吃哦。"

我说："好嘞。"

一次下班，恰好赶上乌云压城，眼见一场特大暴雨就要来袭，想着不能在大街上逗留太久。

车子刚在餐店门口停住,阿姨就瞧见我了,立马起身拿起一个饭盒,我刚踏入店中,她就特别着急地开了口:"小妹,要下雨啦,赶紧点完,赶紧回家。"

被她这么急着一说,我突然整个人的动作也跟着快起来。取完餐后还不忘叮嘱了些诸如"注意安全,骑慢点"之类的话语,于是我频频感谢。

山南水北,人来人往,路过许多重温暖,其中一重是你。

# 与孩子过招的大人

5岁到7岁之间的孩子最好玩。

说话开始有了逻辑,还略微有点道理。同事的孩子大多处于这个年龄段。偶尔假期,她们会出现在导播间里,办公室中,完成妈妈交代的家庭作业后,接着开始寻找玩伴。我经常被她们翻牌,可能因为我长得孩子气。

妮妮,小姑娘今年上小学二年级,语言表达能力超群,加上与生俱来的表演天赋,时常成为频道广播剧的御用小影后。技多不压身,学古筝,学画画,学舞蹈,学游泳,爱看书,一副才女标配。

聪明这个特质,从小就初见端倪。上幼儿园那会儿,一次随她妈妈过来单位,在导播间,她低头乖乖画画。我从录播间拿着稿子出来,路过她身后,不住好奇凑近看了眼画,打从心底觉着画得真好。

她发现了我,下意识地抬起头看我,我紧跟了句:"妮妮好棒,画得真棒!"

"谢谢。"她上扬一点嘴角,带着些害羞。

这时，隔壁频道一同事凑了过来，带着没事找事的看热闹心境，指着我，对妮妮说："快，快说她的赞美好虚伪。"

对于我个人而言，早就已经习惯了同事间用生命在互黑的相处之道，我还没回嘴，倒是妮妮放下笔，抬头看他几秒，回了他一嘴："你才虚伪。"

很好，有种报仇雪恨的痛快，禁不住在心底对她词汇的掌握能力又赞叹一番，毕竟，当时她才 5 岁。

如此超出同龄孩子的理解能力，早在刚刚学会说话那会儿就已经崭露头角。

一次家庭聚会，家长使坏，围着她坐了一圈，并且让她回答"不喜欢他们当中的谁？"接着家长一副看好戏的模样等着她能说出些什么来。

孩子愣了一会儿，眼神扫过这些大人，先说了句"我不喜欢爸爸"。

爸爸假装生气。

"我不喜欢妈妈。"她又胆怯地改口。

接着妈妈假装生气。

"我不喜欢姥姥。"不得已又改口。

姥姥的戏也很足。

最后无奈，想了很久，哭着说道："我不喜欢风扇。"

机智，带着三分察言观色，七分与生俱来。

大人的天性果然是捉弄小孩。

小孩唯一的反击，就是惹大人生气。

米奇，我们另外一位同事的女儿。模样长得像公主，萌点很足，却最爱恐龙，不爱布娃娃，学的是跆拳道、二胡。和妮妮同龄，上小学二年级。

一次期考，成绩不理想，进家门后，就担心不已。事实证明，这份担心没有多余，眼见妈妈进房间拿道具准备开打后，孩子忍不住哭喊起来："我就知道，我都知道，你一定要打死我了，要打死我了。"

孩子妈情绪没绷住，差点乐了，这么狗血的台词，到底是向哪部八点档学的，浑身上下都是戏。

结果那一顿打，硬是将悲剧演成了喜剧。

孩子也不是老挨打，一旦表现好，孩子妈妈就会豪爽地丢出一句："动画片伺候。"

只不过犯马虎的频率总是多了些。

一次检查家庭作业，米奇妈妈帮着指出了一些错误，其中一道算术题是 3 加 5 等于多少，孩子答案写的是 7。明显算错了，于是孩子妈妈纠正了几遍，提醒她隔天考试，不能粗心。孩子点头。

"3 加 5 等于多少？"睡前，孩子妈又问了一遍。

"等于 8。"米奇说。

妈妈很满意，就关灯睡觉。

隔天一大早刷牙，孩子妈又重复了一遍："3 加 5 等于多少？"

"8。"米奇睡眼惺忪，含着牙膏泡沫，答了一句。

一个礼拜后，米奇还是被她妈妈揍了。原因就是那天考卷出了一道题，题目是"5加3等于多少？"

乘数和被乘数对调，这种既陌生又熟悉的算术题，在米奇的反复斟酌下，果断写了"7"。

犯糊涂不一定是孩子的专利，它有可能在大人身上体现得更为彻底。

一次台里来了一帮一年级的小学生，他们为几天后的诗歌朗诵做录音准备，我带着这群孩子和他们的指导老师进了录音室。孩子群分为两队，分别吟诵《弟子规》和《三字经》，国学之间的博弈实在精彩，孩子也尤为认真，一颗颗脑袋瓜整齐划一晃来晃去。

其中部分表演环节需要个别孩子单独录音，于是就有一部分孩子被带到另一间录音室，进行单独录制，这块由我的一个同事负责。

录音室里，第一个小男孩声情并茂地开始朗读。一遍下来，同事就着里头一些字句的情绪表达进行了示范。小男孩很认真地模仿了一遍。

同事觉得很不错，只是后面少了一句自我介绍。

"很棒，来，最后收尾，跟着我念，谢谢大家，我叫陈思文，来自实验小学二班。"

男孩看着同事，张了张嘴，又闭上，没说出声。

"没事，很自然地说出来就好。谢谢大家，我叫陈思文，来自实验小学二班。"同事觉得可能孩子没听全，又示范了一遍。

男孩神情尴尬，不作声，看着同事。

"怎么不说呢?"同事有点急了,想着这孩子居然这么倔。

男孩忍不住了,略带委屈:"姐姐,我不叫陈思文。"

这时突然从后排传来了一句:"我才是陈思文。"

大人与小孩之间的尴尬气氛并不会持续很久,只是同事后来说起时,觉得当下很丢面儿。

我常和孩子过招儿,招招制胜不见得会赢得孩子的心,但见招拆招,绝对会成为孩子的好玩伴。

# 第八章 也有些喜好和故事

## 这个武林很柔美

喜欢王家卫电影的孩子，大致奔着两个喜好点去，一是不断抨中心底的台词，二是独特的后现代美学影像，我比较贪心，两个都没放过。讲故事，那是导演做的事，看故事，听故事，那是观众自个的事，看得懂与否，听得清与否，与讲故事的方式无关。有些意，靠感知晓得，说白了，说透了，说明了，反而不美了。

如果喜好用传统叙述的几大硬件要素，如时间、地点、人物、事件等来批判故事讲明与否，那看王家卫的电影无疑很糟糕，因为他从不按牌理出牌。一个从来不拿剧本拍电影的创作者，你永远不要指望他会照本宣科，一个镜头，一个脚本规规矩矩往下走，他今天要拍什么，他自己都不晓得。

据说拍《一代宗师》，王家卫进片场时，永远只带着一张写满20行字的纸张，一天下来，顶多拍完2行。再往细里抠，我想，那20行字里，大致只是台词，仅此而已。2002年《一代宗师》开机，其间，梁朝伟真正拜师学习咏春拳，张震拜入八极拳大师王世泉门下，苦练八极拳并在全国比赛中获冠，同题材电影《叶问》系列已经在荧屏火了几次，王家卫自己的《2046》《蓝莓之夜》已统统上映，就是不见《一代宗师》。2013年，这个一直犹抱琵琶半遮面的姑娘，终于扯开面纱见世人。

"做羹要讲究火候。火候不到，众口难调，火候过了，事情就焦。做人也是这样。"这是赵本山饰演的关东之鬼丁连山对八卦拳宗师宫羽田说的一句台词。借丁连山之口，王家卫告诉你，十几年，就是这么熬羹，不管你喜欢与否，羹的味道和营养算是给足了。至于咸淡，协调度在于观众自己。慢慢熬，慢慢品。

你晓得，王家卫惯用慢镜头，特写镜头。梁朝伟饰演的叶问以及张震饰演的一线天，都有两幕世间快转我独静的慢镜头，周遭的人群以模糊的线性游离在人物外，时间似静非静，这个在电影《重庆森林》里，出现过几次。里头的武打戏、文戏几乎全以慢镜头呈现，倘若将每一帧的时间正常化，电影前后顶多1个小时，那些因为时长而被迫删减的画面，也许能起死回生，但那不是王家卫想要的，他不要，你就看不到。

在章子怡饰演的宫二与梁朝伟饰演的叶问之间的文戏里，我闻到了《花样年华》的味道，宫二说："我在最好的时候遇到你，是我的运气。可惜我没时间了。想想说人生无悔，都是赌气的话。人生若无悔，那该多无趣啊。叶先生，说句真心话，我心里有过你。"

这个"有"，从宫二私下布局，亮出六十四手开始，宫家没有败绩，所以宫二在面子和里子里，选择了面子。一直以来，不管是对于大师兄白猿马三的复仇，还是为了"叶底是否能够藏花，有机会再印证"而对于叶问设下的局，都照顾到了面子。她说过，不图一世，只图一时。

时势使然,她先图了面子。断了发,奉了道,不出嫁,不传艺,一辈子就一个人。倘若图了里子,她和叶问的那盘棋也许能够延续,但落棋的空间不大。因为叶问有他的妻子张永成,而宫二也会有她的丈夫。都说落棋无悔,也只能到喜欢,仅此而已。

　　叶问说,民国二十六年,他打算去东北,送一件大衣,因为那边有一座高山。这座高山是六十四手,也是宫二。当然,那件大衣最早披在了妻子张永成身上,照全家福时,张永成的眼眶是红的。一个女人,她不会不明白丈夫与远方那座"高山"传信的情愫,她没说,并不能代表她没感知、不难过。

　　妻子在佛山。叶问知道。一两秒的镜头,妻子回望,泪流满面,下一个镜头,便是叶问在雨中远去。他说:"我踏出这一步的时候,我以为有一天我还会回来。想不到那次是最后一面,从此我只有眼前路,没有身后事,回头无岸。"这一点,叶问不如洪七公。电影《东邪西毒》里,洪七公比欧阳锋厉害之处,在于洪七公可以带着自己的女人走江湖。但欧阳锋不能,叶问,也不能。

　　宫二唱了一辈子的武戏,只差没有在戏园里当个角儿。若她在台上唱,叶问在台下听,这样的相遇自然比六十四手的交会要来得曼妙,但宫二唱了一辈子,却始终没有转身。就像大师兄马三不懂"老猿挂印回首望,关隘不在挂印,而是回头"。一个差了转身,一个差了回头。

　　"功夫,两个字,一横一竖。错了,就躺下,站着回来的才是对的。"

　　什么是武林,什么才算过招,一个眼神,一个动作,不一定要激烈,不一定要交集,肢体没有触及,意念到位,也能取胜。宫羽田与叶问抢饼，关东之鬼丁连山授烟于叶问，不动刀枪，也算打得精致。

习武之人三个境界，见自己，见天地，见众生。马三只做到自己，宫二只做到天地，宫羽田、一线天、叶问达众生。拳有南北，但国无南北，宫羽田说，这块饼代表武林，叶问说，这块饼代表世界。于是，宫羽田把名声给了叶问。

拼一口气，点一盏灯。要知道念念不忘，必有回响。有灯就有人。

点灯，才能见众生。

"人生所有的相遇，都是久别重逢。"

逢赵本山和小沈阳出场，我都笑场。本不该，多么严肃的戏份，但似乎整个影院的人都在乐。张震出了三场戏份，一次是雨中以一敌众耍了八卦拳，这一幕也是许多人翘首期盼，但似乎许多人都不满意这几秒的亮相。

一次是在火车上与宫二的偶遇，但两人没有后续的交集，也许没了这一幕，故事的完整性不会受到影响。但王家卫告诉你，这个世界很小，武林很小，遇到的概率很高，即使两个人没有故事性的交集，也不代表不会相遇。这一点在《重庆森林》里，他不是没有表现过。

相遇只是一瞬间的事，有没有下文，那就是缘分的事了。

话说张震的最后一次出场把小沈阳也带出来了，对于小沈阳这个角色，争议还是比较大，大致纠结在为何出现？有何必要？其实小沈阳与张震之间的戏份也算是可以从整部电影中独立抽离出来的个体，但是王家卫讲的不止一代宗师，他讲的是民国时代的武林，所以，这戏删不得。

王家卫电影中的人物角色，从来不以出场时间数来定主次，只要角色出场了，那就是故事中的一角，长短不论，长了冗余，短了仓促，恰到好处，刚刚好。

　　影片中多次以合照作为转场，静止的，不只宫二，影片里所有的人，都选择了留在自己的年月里，那些定格在相片里的，想必都是最开心的日子。

## 你我曾是孩子

对于我来说，童年记忆的存活率并不高，总有一些画面是断片的。

小时候也有一些记忆靠影像记录，但镇上的照相馆却也是不常去的，毕竟价格不低，所以小老百姓很少将摄影、摄像纳入日常，最多只能算是一次奢侈的消费。

如今，在这个惯用影像记录的年代里，任何一段记忆的提取都轻而易举，反复重温，一键删除，私藏分享，都极为随意。

观摩别人的人生，情到深处时，也能感同身受。

在微博里，看过一段国外录制的采访视频，标题很简单，写的大致是，看看孩子们心中的爱到底是什么样子。

关于爱，大人在情话里都已说透。孩子能怎样？但我确实好奇。

短片的第一幕，显示的是一句话："爱情课题第三场，首先，请告诉我你的名字。"采访的地点是在幼儿园里，许多孩子依次陆续出现在镜头前。

"8岁。"

"6岁。"

"5岁。"

"今天问一些关于爱情的问题。"话刚落，镜头里的孩子们立刻给出了些不同的表情反应，有微笑的，有拍脑袋的，有不好意思的，也有惊讶的。

接着短片黑屏，打出了一行字："爱情很复杂，你知道，爱情是什么吗？"

采访者给出第一个问题。

"你谈过恋爱吗？"

两个小女孩，一个小男孩，对这个不可思议的问题，显得慌乱不已，毫不掩饰做出了一些嫌弃的表情。

"不可能，那很恶心。"

"亲亲很恶心。"

"我不想吃他们的口水。"

显然，这个发问并没有得到孩子的好感，但这似乎没有影响到节目组的采访兴致，于是紧接着给出了第二道题。

"那你曾经有过浪漫的经历吗？"

问题抛出后，镜头接连给了一组孩子们的特写，大家害羞点头，几乎给予了肯定的回答。

"我的初吻给了他。"一个绑着两条辫子的小女孩满脸甜蜜地回答。

"我时时刻刻都想着她，我想人生只有一次，然后我就直接对她说，嘿，我可以知道你的 E-mail 或电话吗？"第一个小男孩努力回想记忆里的细节后，难掩欣喜给出了回应。

"但她不是真的爱我，你知道的。"第二个男孩神情落寞，年纪尚小，但也许已初次尝到了爱的小苦楚。

"你怎么知道你恋爱了？"采访者略带好奇。

当下，我也试着在脑海里同步搜索，可发现长大后，越来越怕回答一些"总结中心思想"的问题，言少道不明，无奈多是"一言难尽，说来话长，三言两语说不清"，匆匆结束谈话。这倒并非是敷衍了事，只是年岁毕竟给了大人一些经历，而大人又喜欢就着经历论人生，说着说着就复杂了。

小孩却擅长简单。

"爱一个人就会和她有很多眼神接触。"

"你会感觉很嗨之类的。"

"我可以感觉心跳加快。"

"就像一颗炸弹一样，哗……哗……哗……嘣。"

"就像一个枕头一样，让我感到舒服、温暖。"

"感觉有点像你不会再感到寂寞了。"

如果你被六个小孩眼中的恋爱信号，准确击中，说明你在爱里，至少这是件幸运的事情。

到这里，短片开始透出一丝甜蜜，节目组的发问依旧继续。

"你觉得我们应该如何向心爱的人表达爱意？有人会买巧克力和花，你觉得这样的方式好吗？"

"嗯……"有人思考着。

"嗯。"有人点头肯定。

"嗯？"有人紧皱眉头，略带疑虑。

一个男孩若有思索："这个方式不错，但每个人都这样做。如果能想一些不一样的，创新的会更好。"说完，随即给了镜头一个微笑，他觉得自己给的爱，应该与众不同。

接着是两个小女孩的回答。

第一个说:"你应该告诉她,你喜欢她的什么?"

第二个说:"我觉得如果爱上一个人,你要懂得和他分享,而且对他好。"

没有大人的复杂论证,仅是简单表明两个问题:"为什么爱?""怎么爱。"

当然,小孩没经历过爱情,至少大人不觉得那会是爱情。两小无猜?青梅竹马?都只能算是友达以上,恋人未满。

大人认为小孩不懂爱,小孩认为大人自以为很懂爱。这是一场"子非鱼安知鱼之乐"的主观论,而爱本身就是主观到极致的产物。你有你的入骨相思,我有我的生死相许,谁晓得微雨燕双飞,哪段更珍贵。所以,看客们都歇歇散了吧。

关于爱的定义,在大人和小孩之间,没有博弈的必要,毕竟孩子领悟到的爱,有些是大人教会的。

"你应该对她特别好,就像我妈妈,如果她想在床上看书,我爸爸就会去床上,如果我妈妈想看电视,我爸爸就会陪她看电视。"短片里的小男孩像是在分享一件了不起的事情。

"你觉得这就是爱吗?"采访者很好奇,忍不住追问道。

"嗯哼,因为我爸爸欣赏我妈妈,所以不管我妈妈做什么,他都会陪她。"看得出,小男孩很骄傲。

同样的问题,镜头接着给了不同的孩子。

一个小男孩说:"他们在某些地方一起跳舞的时候。"

另一个男孩说:"我爸爸凡是都是为我妈妈着想,他都会说,当然了啊,什么事都为你。"

一个小女孩说:"我认为一些小东西就可以表达爱意,不一定要很有钱,你可以做你自己,爱很简单。"

它能有多复杂?父辈们告诉你,它经受得住风吹浪,也经营得起细无声。

我所认为的爱,是为深夜归家的你留一盏灯,进门时对厨房忙碌的你高喊一声:"我回来了。"每次噩梦惊醒,你恰好都在。

里外琐碎,相互商量,不为生活里的波折慌乱,因为有家在,那股韧劲儿就在。

一年一次的远行,徒步也好,驾车也罢,感受异乡风土人情,让心接受来自不同地域的温暖。碰到周末假期,约上三五个好友,打打牙祭,闹闹生活,扫扫压力,再各自回家,养精蓄锐,准备好为新的工作周而奋斗努力。

亲朋好友礼让相待,人情世故打理妥当。无条件爱我们的父母和孩子,为他们挡去周遭一切风雨,这个家,我们能用彼此的臂膀支起。

家在心里,心在爱里。

短片的最后,采访组问:"爱是什么意思啊?"

孩子羞涩地悄声说:"爱就是我把你抱起。"

你我曾是孩子,都贴着祖国花朵的标签,在四季里生长。对一切事物懵懂又好奇,一言不合哇哇大哭,任凭性子来,随其性子走。

其实要对自己的儿时记忆进行搜索,是困难的,时隔多年,那些喜也好,恼也罢的一切,并没有在成人的生活里留下多少。

张以庆在2004年执导过一部纪录片,名字叫作《幼儿园》。他在简介里写了一段话:"在中国,在武汉,在一所寄宿制幼儿园,我们记录了一个小班、一个中班和一个大班在14个月里的生活。幼儿园生活是流动的,孩子们的成长是缓慢的,每天都发生一些小事却也都是大事,因为儿时的一切对人的影响是久远的。一个单位、一段日子、一堆成长中的生活碎片,总会承载点什么,那便是当我们弯下腰审视孩子的同时,我们也审视了自己和这个世界。"

"或许是我们的孩子……"

"或许这就是我们自己……"

## 很不幸，你听懂了李宗盛

我在二十几岁的年纪里，突然有一天听懂了老李的歌词，并且特意跑去看了一场演唱会"既然青春留不住"。听老李在现场"咒骂人生太短，唏嘘相见恨晚"。结束的时候，他留了一句"想说却还没说的，还很多。攒着是因为想写成歌"。

于是，我们答应了散场，回家继续等歌。

一些事，不管一开始是看轻了，还是看重了，到最后都得看淡了。皮外伤容易短时间内复原，最怕的是伤走了心，那样多少会更痛些。当然，后来你也不会去计较究竟是谁在心里放了这记冷枪，只是往后每当记起一句，就要挨一次耳光。

承认自己听得懂李宗盛是一件比较残忍的事情，因为，首先你已经从心底承认，你有了些故事，一击即中，躲避不及。

不是每个人心中都有一个李宗盛，有了，也不一定是好事，兴许我还能送上一句："还好你们不听李宗盛。"

在这个年纪，说这句话的时候，不免有点心虚，也许还会摊上一点大言不惭，就像小孩偷偷穿了大人的高跟鞋，还硬说很合脚。

前不久，老李出了个短片，"人生没有白走的路，每一步都算数"。12分钟内，道了这些年的城市足迹，说了一些歌曲的创作心境，每一段感情都能落脚最好，没有也不至于就很糟。

匠人制琴，歌者写情，轮人之有规，匠人之有矩，凡人也总还有爱。于是，就有了短片中那段"接下来的17年间，我一直期待的，可以让我脱身的连续几首歌的失败，并没有到来"。

在东京里，这个抱着最后一搏心态的歌者，"写了几个大家后来才知道的歌词，做了几个大家后来才知道的决定"。

在居酒屋里的消费，终究敌不过生活的捉襟见肘，于是渐渐缺席。拮据的日子里，写了《漂洋过海来看你》《寂寞的恋人啊》《领悟》。

攒钱半年才能相聚一次的异地男女，情爱大多要抵上一生的远途，那些靠着信念支撑的日夜，算不上难挨，但情绪起落总是有的。这些日夜多数很长，纵使自己心里没底，也见不得别人口中说出那句"你就是在浪费时间而已"。

在时间面前，年轻人总还能有浪费的资本，老了之后只能算计。情感也如此。

所以，寂寞的恋人啊，你那些"盼能送君千里"，并不一定就真的换来"一生和你相依"，最痛的领悟，莫过于"努力爱一个人和幸福并无关联"，年轻人，小心啊，爱与不爱之间，离得不是太远。

换个城市，就像换个恋人，从陌生到相识，再到熟知，是一项耗体力的工程，如果没有过硬的适应技巧，能不换，最好别换，当然，富有挑战冒险精神的群体除外。

路痴索性自觉点，不要蹚上这摊浑水，如我。

我居住的地方是一座慢古城，常年没有显赫的GDP，可是生活都过得去。

骑楼的走廊里，古厝的围墙边，走过的芳华路，都已经有了早点的温度，太古桥上也起了点白雾，环城河的澡堂虽然拆下，可是别害怕，有一天，它也会有个家。

石牌坊上的伽蓝庙宇，有虔诚的善男信女，穿过澎湖路，放映厅里的戏，不知又是哪一出。

一切，都是我熟悉的生活气味，暂时并不打算更换。

老李从东京换到了温哥华。这个北方好莱坞之城，有着发达的电影制片业，与生俱来的温带海洋性气候，带来了宜人的四季，也适合抹去前一站喧嚣的声光。

逃离某种身份，最常见的做法是将自己重新安置到一个陌生的城市去。在这里，没有人会在意你的过去，不用活得小心翼翼。心情再不好，即使脸板得沉，也不会被扣上不友善的标签，陌生人潮里，谁也不认识谁，情绪更用不着对谁负责。

在温哥华的树林里散步，与树打了几个照面后，老李决定要成为一名制琴师，也顺便写了《十二楼》《伤痕》《远行》。

于是，在逃亡中就有了"日子像是道灰墙，骂它也没有回响。"温哥华曾经让他的第二段婚姻瓜熟蒂落，只是时过境迁，那个心底的名字被淡淡地抹去，留下了些意味深长的话语"女人独有的天真和温柔的天分，要留给真爱你的人"。

后来，这个女人在心里远行，匠人却在骨子里留了下来。制琴师的生活并不枯燥，这样的人，总有办法让它丰富起来。

我所在的城市有老李的吉他厂，这个消息是我从他的演唱会上得来的。每一年，他都会回来这边几次，爱和厂里的工人聊天，有时候也会在路边的面馆吃饭，说着闽南地道的乡音，只是还从未被我们逮到过。

制琴师的身份并没有夺走音乐太多的时间，往后的作品一直有，只是落脚点换了个城市。

从温哥华出来后，老李去了香港，在九龙塘、对衡道、花圃街、法院道留下的歌曲，在这个快速运转的城市里，变得尤有意义。

这个引领过亚洲中文歌曲潮流，并且缔造过乐坛全盛时期的香港，让众多歌曲成为岁月印记里一块不能抹去的里程碑，无数创作人添砖加瓦，前仆后继。

老李负责在这个讲究速率的城市里，制造出一些可以慢慢品味的东西。

比如歌曲。

我曾经看到有人写过这样一句美好的话："有些话，我们总是不知该如何对这世界说，直到有人把它唱成了歌。"

失去恋人的苦痛，需要找个角落来释放，于是就有了《伤心地铁》，也许另一个他也在这节车厢，尽管我并没有很想见到，但"他想必狂野，让你对我坚心拒绝"。

我这一生漂过，天地为家，甚至在别人看来是个不靠谱的青年，可是那又怎样，我并没有打算为自己辩解，直到遇见你，我怕你觉得我是个浪子，不予交付真心，于是我劳心伤神，竭力做个好青年，我想《我是真的爱你》了，"从此为爱受委屈，不能再躲避，于是你成为我生命中最美的记忆。"

可是啊,时间没能留住你,但年少的梦里,还有你,就当是个老朋友啊,都会让人心疼,让人牵挂,更何况是你,那个贯穿了少年一整个青春的你,你离开不久,这个少年也走了,走了也好,让他再去找一个家吧,"人总要学着自己长大",这是《爱的代价》啊。

往事里被你遮掩的那段,才最刻骨铭心。等到有天你能敞亮了说,代表你从心底承认,它真的过去了。

## 家书——依生

她（他）们有很多名字。名字只是符号，几年过后，你可能还记得那些故事，但名字也许早已忘怀。那些名字几乎都牵扯出一段情。

这些故事，去除所有铺垫、升华、煽情，剩余的才最撞心。

我听说过一个女子，她叫依生。

很遗憾，我没有目睹到依生的故事，也没有参与到她的岁月里，仅见过她18岁时的照片，很好看的一位女子。刘海齐眉，两条麻花长辫搭在浅蓝色短襟盘扣衣衫上，一条黑色百褶裙垂膝，回眸侧脸，净白素雅，嘴角画着笑意，那是她这一生中最美的微笑。

早晨又下了场雨，这场雨不如几十年前那场悲壮，但终究打湿了许多人的梦，那些梦曾经在她和她们的生命里，扮演过沉重的角色，可是剧情还没演完，就杀青了。

剧本上的台词早已经被雨水打成泥，碾落在那一条可怕的堤岸上，无人拾起。氤氲的雾气让整个村庄永远停在了早晨初醒的朦胧里，几年的风雨，季节更迭。一摞一摞的青苔，依附在墙角边上，蹭掉了，又长出来。这里终究是潮湿的。

流过的泪水太多，怎么擦得干。

我看过一些信。侬生的信，还有别人的信。而信，是小女孩从她外公的箱子里翻出来的，村里的人都称他国伯。

信封上的字迹是国伯的。

他是村里的代书人。

那一箱又一箱信纸，占据了国伯的大半辈子，晕开的墨迹，是他抄录时落下的泪。

我知道，它们很重要。

国伯说，找他写信的乡亲特别多，总是排起了长队。小时候跟着村里的私塾老先生学习，识了些字，这才能帮上大家的忙。

论剧情回忆，我没有资格，那时，我未出生，所有的故事，都是从国伯口里听说。

这一辈子，他已经代笔 800 多封家信了，在海峡两岸还没有对话的时候，这些家书要寄到台湾并不容易。要先在东南亚的新加坡等地找到乡亲，把信从福建东山寄到东南亚，然后由当地乡亲换上一个新信封，再转寄到台湾去。这种走民间途径的寄信方式叫作"侨批"。东山是祖国大陆距离台湾最近的地方，东到澎湖列岛仅 98 海里，到高雄也只有 110 海里，但是，通过"侨批"的方式寄信，一封信要多走几十倍的距离才能到达海峡对岸。

思念的路很长，她们打算将余生，在写信，等信中循环走完。

村口的大树年轮逐增，但记忆却拒绝前行。

民国三十八年，当晚，整个村落在静谧的夜色笼罩下，暂时退去了倦容，沉睡在奢侈的鼾声里。在炮火、枪声的侵蚀下，每一次的浓稠睡意都会被随时打散。

当天凌晨2点多时，睡梦中的国伯被村落里响起的锣声惊醒，粗犷的声音在外头高喊："集合了集合了，查户口了。"

瞬间，村落睡意全无，紧闭的门窗陆陆续续在叫嚷声和锣声中打开，忐忑的灯火逐一亮起，部分村户还陷在黑色中，里头充斥着恐惧与躲避。士兵挨户踹门、拍窗，陈年失修的防护被一一砸开，角落中的惊恐被粗鲁带出屋外，草堆里的侥幸被士兵用刺刀逼出，拎着拢到村落的空地上。

"磨磨蹭蹭，男丁统统带走，一个不留。"

军官模样的一男子朝黑压压的群众抛出的这句，瞬间令人群沸腾，士兵与村落男子们的抓扯，女子与老人孩子的哭喊，将整个村落丢进了撕心裂肺的悲痛绝望里。

"壮丁们"被拉上驶往台湾的兵舰，海边站满了呼天抢地的家属。

那一年，败退台湾的国民党掳走了该村落的147个壮丁，所有的深渊在那一夜越发不见底，从此日落更迭，与黎明无关。

等待，成为了余下91位女性一生的劳作，从青春到暮年，从飞扬到沉寂。

这个村落里每一双无焦距的眼神，都在窒息彼此，偶尔几封家书，才能让部分村民舔舐到稀薄的空气。

这次的兵灾，让这个村子成为了寡妇村。

在这群家属里，有依生，有文贞，有西书，还有许多女子。

他走了，也带走了依生的全部。

在那个年代，爱情是忠贞不渝的。一旦别离，就有如剔骨之痛，生不如死。

—— 依生写于1951年 ——

"那天我做了一个梦，你，一身青衫，绿得耀眼，从桥的那头笑着走来。阳光逆着你从背后打过来，泛着白光的轮廓与当年的一模一样。我真后悔，那天我应该穿得好看点。

那首诗怎么背来着，我又忘了，你指着画板上的那些黄色小花说，看见了吗？我点了点头。

你说，以后在院子里，都种上它吧。然后你在院子里画它，也……顺便画画我。

他们说，你是一个画家，而我，略读过几本书，对艺术却真真一窍不通。

你说，没事，看得懂我的画就行。

有多久了，从你走后的那一天，我就在想，你什么时候回来？你的画板还落在我家里呢！

但，你什么时候会回来取呢？

我真怕，怕有一天我不在了，别人就会扔掉它。

有多久了，从你走后的那一天，我就在想，你什么时候回来？院子里我种了好多花，撒上种子的是我，浇水的是我，修剪枝丫的是我,可是,答应每天画它的你,却走了。它其实是想你了,所以开得很娇媚,它不知道你什么时候回来?什么时候回来画它?所以它总是让自己时时刻刻都那么精神。

看吧,它还是比我会打扮的。

可是总会凋零的呀,每一年,它就只等待你几个月。

而我不一样,我每一天,都在等。

三天前,我母亲走了。临走前,她拽着我的手,嘴巴动了几下,最后,却什么都没说,我应该哭的。但我没有。

我的那些眼泪都给了你。余下的,所剩无几。"

原来有些事不过是给了你拖沓冗长的错觉罢了,当你一寸寸顺着脉络往前靠,你就会觉得,前后不过须臾间。

就如他离开不过一年,却好似几个春秋。你的牵挂因这个人而起。天天叨念病痛远离他,笑容陪伴他。每天日落晨曦,第一句话是他,第一眼是他。苍老告别世界之际,你希望自己先走,抑或他走,你也同时随去。

依生每天都会跑到国伯家,询问是否有他的消息,但每次总是失望而归,杳无音信的状态一直持续了34年。

年岁渐增,当年的女子转眼双鬓斑白,容颜不在。

1984年,在台湾的他,辗转了几十年,终于得知妻子依然健在,并且苦等他回家的消息,高兴激动之余,决意早日想办法归乡。

他执笔写下一封信,叮嘱传信人,务必要送到依生手中。

已经耗了34年，再也耗不起了。即使意志坚定，身体状况也未必允许。

一个月后，国伯收到了信件，第一时间交给了依生。

单是信封上的几个字迹，就让依生落泪不止。几十年来反复做的梦，本以为今生难以实现，没想到此刻，这份真实感就握在自己手里。

信中写道："依生，甚是想念，得知你安好，也得知你心一如初衷，我万般惊喜、激动。颠沛几十年，回家未能如愿，几次想跨越海水找寻你，却始终只能是想想而已，心中的话好多，只待与你一一道来。等我，我定尽快回家。"

回家，他说他要回家了。

眼泪掉了下来，但嘴角却展开了弧度。

34年来，第一次在她脸上看到了笑容。

她在家里翻箱倒柜，拿出了当年还没来得及穿的衣衫，裙摆是黛色，上衣是杏色，她的身型依旧消瘦，所以眼前这身装扮，还是可以顺利穿上，只是她自己倒先不好意思起来，觉着一把年纪了，还穿小姑娘的衣衫，也不害臊。想着想着，不自觉地笑出来。

要回来了。

他终于是要回来了。

别离这么久,见了面要说什么话,手该放哪儿,这些年他是否也像思念他一样地思念自己,为什么这么久都没有消息,这些年他过得怎么样,受了多少苦,总之,好多问题在脑海里不停地冒出来。
这种紧张的心情就和当年第一次约会的感觉是一样的。

虽然接下来还是等,但这次的等,不再是无望的等了。她有他的回信,他说他要回来了。整个村子的人都知道他要回来了。
收到信的时候,已是9月。
转眼素秋已过,日渐的凉意依旧没有带来归乡的消息。

原来,就在当年年底,就在获得途径准备归乡的一个礼拜前,他不幸被石头砸伤,含恨在台湾去世。临终前,他向一位老乡交代说,一定要把他的骨灰带回家乡。

见到丈夫骨灰的那一刻,依生生平第一次体会到了什么叫绝望。
以前等他,虽然是遥遥无期,杳无音信,但至少还有梦归故里的幻想可做。
她也坚信他总有一天会回家,或许可能受了点伤落下点残疾,或许可能已另外成家,又或许他只能短暂回来,匆匆见上一面还得别离,这都没关系,任何方式都可以,唯独不能是这种方式,可是他偏偏选择了最坏的方式。

等了 34 年,不是为了迎接他的尸骨,等了 34 年,不是为了等来一个不用再等的事实。

抱着他的骨灰,她号啕大哭,绝望和恨,一并顺着泪水,渗进土里。

寒冬腊月里,依生走了。

此生信念耗尽,再无可恋。

# 家书——文茜

"错过了花期也不能错过你。这里的风车有风，海鸟有海，而我有你。"

文茜没忘，这段话以前阿成对她说过。

当时的文茜信了，信久了，就成为一种习惯，再后来，就这么信了一辈子。

文茜是广东人，早前逃荒来到了这个小岛，村长觉得姑娘可怜，就好心收留，给了一间小平房，加上文茜为人诚恳，勤劳善良，村民们也热心伸出援手帮忙，这才渐渐过上了饱腹的日子。

文茜的手特别巧，对于布艺品，做工精致，利落剪裁，村民们的许多衣裳都出自文茜之手，需求一多，文茜索性在村子里开了家裁缝店，每天光顾的村民络绎不绝，加上文茜个性开朗，村民对其越发喜爱。

再后来，文茜结识了当地的阿成，日子久了，两人互生情愫。阿成平常做完农活后，便来店里帮忙，从村子到县城有一定的路程，为了不让文茜受累，阿成负责了到县城采购布匹的项目，这一趟来回就得花去好半天的时间。

异乡的孤独感，渐渐被阿成的关心冲淡，再后来，阿成告诉文茜，自己想给她个家，文茜眼角泛着泪光，点头答应了。可是婚事遭到了阿成家人的反对，理由就是她的外地人身份。

阿成告诉她，自己绝不撒手，这根线抓住了，就不会放。

文茜掉泪，他的笃定，也让她有了不管不顾的勇气。

他曾经说，她就是风筝，即使有一天飞远了，自己也得把它拉回来。即使风太大，吹断了线，也宁愿她落在自己心里。

许是感情的坚定，敌过了阻挠的声音，僵持了两年后，最终家人妥协，同意让这份爱生根发芽。

婚后隔年，第一个女儿出生，初为人父人母的喜悦，挤走了生活的艰难和琐碎。三年后，小女儿出生了。家庭的担子虽更重了，但是两个人似乎更享受这份甜蜜的负担。

日子往前走，偶尔累了就稍息，立正，站好，养精蓄锐后，再迈开步子继续前行。

民国三十八年，却让这些步子从此着不了地。

当年5月10日，阿成被国民党抓了壮丁，关押在十里外的梧龙庙。阿成身上一分钱也没有，文茜赶回村里借钱，当她凑了一钱金子和两斤花生米，赶回梧龙庙时，阿成已被押上兵舰，随着岸上的呼喊声、哭闹声，渐渐消失在茫茫海天之间。

这一年，文茜27岁，有两个刚刚5岁和2岁的女儿，肚中还有一个5月大的男婴。

村子瞬间被扔进了悲痛里，男人们一夜之间的离去，丢给了女人们无尽的绝望和慌乱。

文茜到处奔走，希望找到门路打探阿成的去向，却始终杳无音信。阿成母亲的生活里，除了哭泣，只剩发呆。文茜顶着悲痛，咬牙照顾着两个女儿，照顾着肚子里的孩子，照顾着婆婆的情绪，偶尔偷个闲继续奔走，总是要想方设法知道点阿成的下落。

5个月后，老三出生了，是个男孩，这让文茜找到了一丝安慰和希望。可是，孩子却在出生后18天就不幸夭折。

文茜一直哭，几乎要把眼睛都哭瞎了。几次萌生轻生的念头，都被两个女儿的一声声"妈妈"唤了回来。从此她变得沉默寡言，只是整天推磨和杵臼，夜夜劳作到天亮。

村子地处海岛边缘，向来就缺水。戽斗是村民把池塘里的水戽进田里灌溉的一种农具。这是重体力劳动，非要两个人合作不可。两个人分站池塘两岸，各自抓住桶绳，把戽桶荡入水中，再一起用力,将桶里的水提上岸倒进水渠。

自从男人被抓走了,女人们发明了"单人扛桶"。她们将一根扁担牢牢插在对岸,系上绳子代替丈夫,自己执另一端的绳子,咬紧牙关艰难地扛起一桶桶水来。

文茜就这么担负起了整个家的重担,累点不怕,怕的是阿成回不来了。

每年中秋节,文茜总要在饭桌上摆好丈夫的一副碗筷,并且告诉女儿,爸爸一定会回来。

日子混着泪水,又往前挪了两年。

终于,被抓到台湾后的阿成,通过海外亲友辗转给文茜寄来一封家信和十几元钱。

信中道:"茜好吗?孩子好吗?父亲母亲都好吗?我想家,想大家。如今,这股风将我们吹散离了好远,我把线交给你了,你要抓牢抓紧,风吹雨打,电闪雷鸣,都不能松手,总有一天,我要寻着线,回来的。"

文茜收到信,激动得双手合十,跪在了佛祖神明面前,反复念叨着:"保佑阿成早日回来,早日回来。"

老母亲接到信后高兴得直掉眼泪,马上和文茜商量,决定用儿子寄来的钱买一头小猪崽,等儿子回来拜谢天公。

得知阿成健在，并且有望归乡的消息后，这一年，过得有希望多了。小猪长得又肥又壮，可是依旧不见儿子阿成回来，老母亲急得到处烧香拜佛。

两个女儿一天天长大，对父亲的思念也越发浓烈。文茜一边担着农活，一边经营裁缝店，一边隔三岔五地跑去找村里的国伯，请他想想法子，写封书信联系阿成，询问近况和归期。国伯写了厚厚的一封信，把文茜的牵挂一起装进了信封，寄出。

从这封信离开村子的那一刻起，文茜就盼着立马得到回复。

然而，一切依旧安静得可怕，紧接下来的这份沉寂，又狠心延续了十年。

当年的小猪已变老，乡亲们都劝着阿成母亲该将其宰杀了，可是老母亲不同意，她总觉得儿子会回来。临近过年，这头猪在一阵嗷嗷大叫之后，把头搁在门槛上死了。

当晚，文茜和婆婆痛哭，这份寄予的希望破灭的瞬间，仿佛就是不好兆头的预示。阿成母亲继续三天不吃不喝，文茜还是想为这份等待增加些希望的筹码，于是她又买回了一头小猪继续饲养。阿成的母亲这才缓过神来，把精力都集中在呵护这头小猪上。

第二头小猪养到第七年时，正是 1980 年。

不知道从哪一天起，人们看到阿成的母亲突然像变了个人，逢着村里的人，都说同一句话："你知道吗？我家那个阿成坐小龟仔车回来啦！不骗你，真的回来啦……"

当年年底，阿成母亲一病不起。临终前，她让文茜把国伯叫到病床前。她要给儿子阿成写最后一封信："你告诉阿成，就说阿妈等团回来相见面……已经等了30年，等不来了……"

当晚，阿成母亲带着遗憾去世了，而阿成依旧未归。文茜怀着悲痛为婆婆置办了丧事，余下时光的等待，只有自己的肩膀可以担起。

1987年11月，台湾当局决定开放台湾同胞赴大陆探亲，受到大陆方面的欢迎，长达38年之久的两岸同胞的隔绝状态终于被打破。

原来，阿成在台湾离开部队后，就一直在台北、台南等地教书，在这些日子里，他一直一个人住在学校的单身宿舍，写了好多信，只是一直没办法送达到家。

1990年春天，70岁的阿成终于在同乡的帮助下回到了家乡，回乡的路程，他走了一生。

锦瑟华年时，分别数十载，今皓首苍颜，才盼来归途。这颗心，终究是漂了太久，太久了。阿成踏上这块土地的那一刻，所有的回忆从脚底蹿到了脑袋里，挤满了整个空间。

眼泪从脸颊滑落，每一步都走得格外轻，他怕一不小心太用力，踩碎了这个梦。

只是，他还不知道，这个梦早在两年前就已经破碎了。

两年前，文茜在农作时，不幸溺水身亡，两个孩子担心远方的父亲受不了打击，一直瞒着这件事，当阿成步履蹒跚迈进日思夜盼的家门，用尽力气喊的那一句："文茜"，却不想映入眼帘的是文茜的牌位。

生离后的死别，将这一世的夫妻情分彻底了结。

风虽起，线已断，只剩风筝在天上游荡，找不到落脚点，越飘越远，渐渐消失在岁月的尽头，无人拾起。

图书在版编目（CIP）数据

有些话，我们坐下再说 / 小南著 .—北京：中国华侨出版社，2016.11
ISBN 978-7-5113-6457-9

Ⅰ.①有… Ⅱ.①小… Ⅲ.①散文集 – 中国 – 当代 Ⅳ.① I267

中国版本图书馆 CIP 数据核字（2016）第 278053 号

---

## 有些话，我们坐下再说

| | |
|---|---|
| 著　　　者 / | 小　南 |
| 责任编辑 / | 焦　雨 |
| 责任校对 / | 孙　丽 |
| 经　　　销 / | 新华书店 |
| 开　　　本 / | 670 毫米 ×960 毫米　1/16　印张 /17　字数 /164 千字 |
| 印　　　刷 / | 北京建泰印刷有限公司 |
| 版　　　次 / | 2017 年 3 月第 1 版　2017 年 3 月第 1 次印刷 |
| 书　　　号 / | ISBN 978-7-5113-6457-9 |
| 定　　　价 / | 32.00 元 |

中国华侨出版社　北京市朝阳区静安里 26 号通成达大厦 3 层　邮编：100028
法律顾问：陈鹰律师事务所
编辑部：（010）64443056　64443979
发行部：（010）64443051　传真：（010）64439708
网　　址：www.oveaschin.com
E-mail：oveaschin@sina.com